KB078562

FUSION FANTASTIC STORY
A Bittersweet Life
미더라 장편 소설

즐거운 인생 11

미더라 장편 소설

초판 1쇄 찍은 날 § 2015년 5월 7일
초판 1쇄 펴낸 날 § 2015년 5월 14일

지은이 § 미더라
펴낸이 § 서경석

편집책임 § 이창진

펴낸곳 § 도서출판 청어람
등록번호 § 제387-1999-000006호
등록일자 § 1999. 5. 31
어람번호 § 제1-2121호

주소 § 경기도 부천시 원미구 부일로 483번길 40 서경B/D 3F (우) 420-822
전화 § 032-656-4452 팩스 § 032-656-4453
http://www.chungeoram.com
E-mail § chungeorambook@daum.net

ⓒ 미더라, 2014

ISBN 979-11-04-90228-4 04810
ISBN 979-11-316-9220-2 (세트)

즐거운 인생 11

FUSION FANTASTIC STORY

A Bittersweet Life

미더라 장편 소설

도서출판 청어람

CONTENTS

CHAPTER **65**
귀국

주혁은 LA로 와서는 영화의 후반 작업을 지켜보았다. 후반 작업에 관해서 대략 알고는 있었지만, 이렇게 직접 살펴보는 건 처음이었다. 세분화되어 있는 작업이 많다고 알고는 있었지만, 직접 눈으로 보는 건 또 다른 경험이었다.

"혹시 제작이나 연출에도 관심이 있는 건가?"

"아주 없지는 않죠. 하지만 지금은 그런 것보다는 일단 연기에 집중하려고요."

주혁이 영화의 후반 작업까지 챙기는 것을 보고는 제프리가 질문을 던졌다. 대답한 대로 관심이 없는 건 아니었다. 그

분야도 충분히 매력적인 분야였으니까.

하지만 아직은 때가 아니라고 생각하고 있었다.

아직은 한창 젊은 나이 아닌가. 이제야 연기가 무언지 조금 알게 된 것 같은데, 다른 데 눈을 팔고 싶지는 않았다. 좀 더 성숙하고 깊이 있는 연기를 보여주기 위해서 시간을 써야 한다고 생각했다.

하지만 다른 사람들의 생각은 그렇지 않은 모양이었다.

"제작자로 참여한 사람이 할 소리는 아닌 것 같은데?"

제프리는 빙긋 웃으면서 주혁에게 이야기했다.

이 영화에 제작자로 참여하면서 보여준 그의 모습으로 볼 때, 당연히 제작자도 겸할 것이라고 여겼다. 열정적이고 적극적이었고, 역량도 충분히 보여주었으니까.

하지만 주혁은 사실 이 영화에 처음부터 제작자로 참여할 생각은 아니었다. 주연배우만 해도 어디냐는 생각이었다. 할리우드에 진출해서 처음 한 작품인데 말이다.

하지만 바사드의 측근들이 편의를 제공한다고 하면서 과감하게 투자를 해서 그리된 거였다. 투자를 하는 대신에 주혁이 제작에 참여하는 걸 조건으로 내걸었으니까.

게다가 제프리와 브라이언이 충분히 작품에 도움이 되리라 생각해서 받아들였고. 이미 주혁의 안목과 능력을 검증한 후였으니 주저할 이유가 없었다.

사실 아시아 시장에 대한 고려도 있었다.

아시아 시장은 이미 엄청난 규모가 되었다. 일본 시장이야 예전부터 세계 2위의 시장이었으니 당연히 신경을 써왔다. 하지만 이제는 일본만이 아니었다.

한국 시장은 이미 무시할 수 없는 수준이었고, 중국 시장은 하루가 다르게 커지고 있었다.

게다가 동남아시아 시장도 엄청난 속도로 커지고 있었다. 지금이야 미국과 유럽 시장이 더 크다고 해도 역전이 될 날이 머지않았다고 보였다.

이렇게 된 데는 유럽의 경제 성장이 둔화되고, 아시아 국가들의 성장이 두드러진 탓이 컸다.

유럽은 이미 성장 동력이 다한 것처럼 보였다. 사람으로 치면 노년기에 접어든 모습이라고나 할까.

그리고 미국은 중년기에 접어든 느낌이었다. 여전히 세계 최고의 자리를 유지하고 있었지만, 예전만 못하다는 생각이 들었다.

그건 일본도 약간 비슷한 느낌이었다. 활력이 많이 약해진 것 같은 모습이었다.

하지만 아시아 국가들은 어떠한가. 중국은 이제 막 청년이 된 듯했다. 그래서인지 마구 힘자랑을 하고 싶어 했다. 자신이 이 정도로 힘이 강하다는 걸 남들에게 보여주고 싶어서 안

달이 난 듯했다.

　그리고 동남아시아 국가들은 청소년기 아니면, 이제 막 성년이 된 것 같은 느낌이었다. 앞으로 엄청난 성장이 기대가 되는 그런 위치에 자리하고 있었다.

　"자네 혹시 일본과 한국, 그리고 중국이 대략 20년 간격으로 올림픽을 개최했다는 거 알고 있나?"

　제프리가 웃으면서 질문을 던졌다.

　1964년에 도쿄 올림픽이 열렸고, 1988년에 서울 올림픽, 2008년에 베이징 올림픽이 열렸다.

　"아, 들어는 봤어요. 우연치고는 정말 재미있는 우연이죠?"

　"우연인지 아닌지는 모르겠지만, 그게 다 경제적인 성장이나 국력과도 연관이 있는 거지."

　제프리는 절대로 우연이 아니라고 생각하는 사람 중 하나였다. 세 나라 모두 올림픽 개최가 본격적인 경제성장의 신호탄이라고 그는 생각하고 있었다.

　실제로 일본이 그랬고, 한국이 그랬다.

　그래서 이제는 중국이 거대한 몸집을 일으켜 세상을 향해 움직일 거라고 생각하고 있었다. 그렇게 되면 중국과 한국, 일본이 중심이 된 아시아의 시대가 열리게 되는 것이다.

　유럽이 가지고 있던 패권이 미국으로 넘어왔고, 그것이 다시 아시아로 넘어가는 것이다.

어떻게 보면 이런 것이 순리일 수도 있었다. 언제까지나 힘을 가지고 있을 수는 없다.

달도 차면 기우는 법.

사람과 마찬가지로 사회와 나라도 나이를 먹고 죽기도 하는 것이다.

사실 그는 어떤 나라가 세계를 주도할 것인가에 관해서는 큰 관심이 없었다. 하지만 시장의 흐름이 어떻게 변할 것이냐에 관한 문제에는 민감할 수밖에 없었다.

어디까지나 그는 제작자였으니까.

그래서 앞으로 제작하는 영화는 반드시 아시아 시장을 염두에 두어야 한다고 생각하고 있었다. 하지만 말이 쉬웠지 아시아 시장은 자신들이 잘 모르는 미지의 영역이었다.

단순하게 아시아 배우 몇 명을 써서 그 나라에 어필하려는 사람도 있었는데, 자신이 보기에는 그건 가장 하책이었다. 한두 번이야 통하겠지만, 그런 것은 근본적인 해결책이 되지 못한다.

그는 아시아의 감성을 이해해야 한다고 보고 있었다.

분명히 유럽과 미국에서 통하는 것과 아시아에서 통하는 것은 달랐다.

그 온도 차를 얼마나 줄일 수 있느냐는 것이 앞으로 블록버스터 영화가 성공하느냐, 실패하느냐를 결정할 것이라고 여기고 있었다.

그래서 과감하게 주혁을 주연배우로 선택한 거였고, 그의 능력을 보고는 제작자로 받아들인 거였다.

그리고 지금은 굉장히 만족하고 있었다.

그가 한 이야기는 모두 자신에게 보고가 되었는데, 정말 많은 도움이 되었다.

그리고 그가 보여준 연기와 액션. 그리고 그가 제안한 아이디어들을 보니 이제는 아시아의 감성이란 것이 아주 조금은 이해가 되었다.

하지만 이해가 되었다는 것뿐이지, 그걸 자신이 만들거나 생각해 낼 수는 없다.

"아시아 시장은 점점 더 중요해지겠지. 그래서 말인데, 앞으로도 계속 같이 일해볼 생각 없나? 배우 겸 제작자로 말이야."

주혁은 잠시 생각을 해보았다.

상대가 무슨 이야기를 하는지는 충분히 알 수 있었다. 이번에 영화를 찍으면서 계속해서 감독과 의견을 교환하면서도 느꼈던 부분이었으니까.

감독과 자신의 생각에는 확실히 차이가 있었다. 어떤 것이 옳고 그르고의 문제는 아닌 경우도 많았다. 동양과 서양의 문화적, 정서적 차이가 있어서 그런 거였다.

그래서 둘은 서로의 이야기를 했고, 서로 많은 것을 배웠다.

주혁은 상호 보완이 되었다고 생각했다. 그리고 그런 사실을 알고 있는 제프리는 지금 아시아 정서를 작품에 반영할 사람으로 주혁을 생각하고 있는 거였다.

하지만 주혁은 아직은 아니라고 결론지었다.

"이야기는 고맙지만, 지금은 아닌 듯하네요. 하지만 도움이 필요하면 언제든 이야기해요. 시간이 되는 한 도울 테니까요."

"그것참 아쉽군. 자네하고 같이 작품을 만들면 분명히 굉장한 게 나올 것 같은데 말이야."

제프리는 아쉬워하면서 입맛을 다셨다. 그만큼 주혁의 능력은 지금 자신에게 꼭 필요한 거였으니까.

하지만 본인이 싫다고 하는데 어쩌겠는가. 그래도 그와 좋은 인연으로 만났고, 끈을 계속 이어갈 수 있다는 것이 그나마 위안이었다.

"참, 오늘 녹음을 하는데 같이 가보겠나?"

"녹음이요? 그러죠. 녹음을 하는 건 한 번도 본 적이 없네요."

원래 있던 일정은 아니었다. 사실 영화에 쓰일 곡을 녹음하는 데 가는 사람은 감독 정도이다. 다른 사람이야 가봤자 구경을 하는 정도니까.

주혁도 음악에 관해서는 잘 알지는 못하지만, 어떤 식으로 작업이 이루어지는지 보고는 싶었다.

그래서 제프리와 함께 LA에 있는 스튜디오로 이동했다.

LA의 날씨는 구름 한 점 없이 맑았다. 파란 하늘에 옥빛 바다가 보이고, 야자수가 줄지어 있는 거리를 가다 보면 정말 이런 느낌이 이국적인 거구나 하는 생각이 들었다.

"사람이 엄청나게 많군요."

주혁이 처음 내뱉은 말이었다.

설마하니 이렇게 많은 사람들이 스튜디오에 모여 있으리라고는 생각하지 않았다. 막연하게 그저 많아봐야 십여 명 내외의 사람이 있지 않을까 생각했었는데, 교향악단 급의 인원이 모여 있었다.

"관현악으로 편곡을 해서 인원이 많아진 거야. 이보다 훨씬 적을 때가 대부분이지. 저기 단상에 지휘봉을 가지고 있는 친구 보이지? 그가 작곡을 한 친구고, 그하고 이야기를 하고 있는 친구가 편곡을 한 친구야."

제프리는 편곡을 한 친구가 무척 재미있는 사람인데, 집에서 거의 나체로 작업을 한다고 했다. 집에 수영장이 있는데,

작업을 하다가 막히는 부분이 있으면 바로 수영장에 들어가서 수영을 하다가 나온다는 거였다.

이 계통에 일하는 사람들 중에는 특이한 버릇을 가진 사람이 어디 한둘인가.

주혁은 그런 것보다 집에 수영장이 있다는 게 더 신기했다. 확실히 한국과는 문화 자체가 다르다는 걸 느낄 수 있었다.

둘이 이야기를 하고 있자 사람들이 제프리와 주혁인 것을 알아보고 모여들었다.

주혁은 사람들과 바쁘게 인사를 했는데, 그들이 자신을 바라보는 시선이 무척 낯설었다.

그들은 자신이 본 것이 정말인가를 의심하는 것 같은 표정이었다. 마치 여기서 나가면 당장 누군가에게 자신이 주혁을 만났다고 자랑을 할 것 같은 기세였다.

거기다가 세인트 엘모의 히어로라며 수군거리는 소리도 들렸다.

사람들의 반응을 보니 아직도 주혁을 영화배우보다는 세인트 엘모의 히어로라고 알고 있는 사람이 더 많은 듯했다. 그래서인지 주혁을 바라보는 눈빛에는 약간 경외심이 담겨 있기도 했다. 주혁과 눈이 마주치면 살짝 고개를 숙였는데, 모두 그를 향해 맑은 미소를 보내주었다.

악기를 점검하고 있던 사람도 그랬고, 그들 사이를 오가면서 무언가를 이야기해 주던 사람도 마찬가지였다.

주혁은 그들의 시선이 따사롭고 기분 좋은 봄의 볕과 같다는 생각을 했다. 나는 당신을 좋아하고 응원한다고 그들의 눈이 말하고 있었으니까.

"자, 다들 준비가 끝났으면 시작합시다."

잠시 어수선했던 분위기를 잡은 건 지휘자가 낸 탁탁거리는 소리였다.

모든 사람이 하던 일을 멈추고 악보에 집중했고, 곧 녹음이 시작되었다.

무척이나 신기한 경험이었다. 오늘 처음 악보를 본 사람들이었는데, 서로 소리를 맞추더니 이내 하나의 음악이 완성되었다. 무언가 잘못되어 다시 녹음을 하기도 했지만, 워낙 베테랑들을 모아서 그런지 작업은 순조로웠다.

주혁은 이 작업이 영화와도 비슷하다는 생각이 들었다.

악보가 대본이고 지휘자는 감독이라고 생각하면 다를 게 뭐가 있겠는가. 훌륭한 연기자들이 펼치는 앙상블은 감독의 마음을 흡족하게 했다. 음악을 잘 모르는 주혁이 듣기에도 무척이나 인상적이었다.

"영화랑 똑같네요. 수많은 사람들이 각자 자리에서 제 몫을 해서 하나의 작품을 만드는 거니까요."

"세상 이치란 게 모두 비슷하지 않겠나."

제프리는 어울리지 않게 득도한 고승 같은 이야기를 했다. 하지만 그 이야기는 공감이 되었다.

어떤 일이나 비슷한 부분이 있는 듯했다. 요즘 들어서 그런 생각이 부쩍 더 들었다. 실수를 하고 나서 자신이나 세상을 바라보는 시각이 조금은 넓어진 것 같았다.

지금까지는 자신을 중심으로 보는 시각이 있었다면, 이제는 조금 더 높은 곳에서 살필 줄 알게 되었다.

그렇게 되니 이전에는 보지 못했던 많은 것들이 보였다.

주혁은 예전에 이런 감정을 느낀 적이 있었다.

상자를 얻고 많은 변화를 겪고 나서 다시 세상에 돌아왔을 때가 그랬다. 이전과는 다른 것들이 많이 보였다.

하지만 일이 계속해서 잘 풀리고 성공을 거듭하면서 넓었던 시야는 점점 좁아졌었던 모양이었다.

'실수가 꼭 나쁜 것만은 아니지.'

동전은 두 개나 사용했다. 허비했다면 허비했다고 볼 수도 있는 일이었지만, 주혁은 그렇지 않게 만들겠다고 다짐했다. 이런 깨달음을 바탕으로 조금이라도 성장할 수 있다면, 동전 몇 개보다 값진 걸 얻는 것일 테니까.

주혁은 예전에 다시 세상에 나왔을 때와 비슷하기는 하지만 조금 다르다고 느꼈다. 그때가 2층에서 세상을 내려다보는 거였다면, 지금은 그보다 몇 층 위에서 세상을 바라보는 기분이었다.

"자네가 한번 지휘를 해보지 않겠냐고 묻는데?"

"예?"

생각을 하느라 지휘자가 한 이야기를 듣지 못한 모양이었다.

지휘자는 웃으면서 주혁에게 오라고 손짓하고 있었다.

주혁은 미소로 답하면서 지휘자가 있는 곳으로 다가갔다.

"이렇게 하면 되는 건가요?"

주혁은 지휘자가 알려준 대로 손을 움직였다.

지휘자는 그렇게 하면 된다고 이야기를 하고는 사람들에게 주혁을 소개했다.

사람들이 기꺼운 표정으로 주혁을 환영했다. 각자의 악기를 살짝 두들기면서.

이윽고 주혁의 지휘로 연주가 시작되었다.

처음 지휘를 하는 사람이 잘할 수가 있겠는가. 박자도 정확하지 않았고, 팔놀림은 어색했다.

하지만 사람들은 모두 즐거워했다.

지금 이 자리에 있는 어떤 사람도 주혁에게 지휘의 능력을 원하는 건 아닐 것이다. 여기에 모인 사람들에게 즐거운 경험을 선사하는 것이다.

주혁도 그런 걸 알기에 기꺼이 승낙하고 이런 걸 하고 있는 거였다.

어색하지만 기분 좋은 주혁의 지휘는 오래가지 않았다. 적당한 선에서 주혁이 그쳤으니까.

사람들은 모두 환호하면서 지금의 경험을 기껍게 생각했다.

주혁은 며칠 더 LA에 머물면서 영화와 관련된 여러 작업을 눈과 머리에 담았다. 자신의 첫 할리우드 진출 작품이 어떻게 만들어지는지를 직접 보고 싶어서였다. 그리고 지금은 아니지만, 나중에 제작이나 연출을 할 때를 대비해서도 알아두면 좋은 일이었으니까.

그렇게 일정을 모두 마치고 주혁은 한국으로 돌아가는 비행기에 몸을 실었다.

주혁은 다른 것보다 친한 사람들의 얼굴을 다시 볼 수 있다는 것에 가슴이 뛰었다. 그래서 비행기의 창문 너머로 보이는 풍경만 계속해서 바라보았다.

그리고 구름 아래로 그리운 곳의 모습이 보이기 시작했을 때, 저절로 가슴이 부풀어 올랐다.

처음으로 소풍을 가게 된 어린아이마냥 즐겁고 들떠서 빨리 시간이 흘렀으면 좋겠다는 생각만이 머리에 가득했다.

*　　*　　*

공항에서부터 주혁은 엄청난 인파에 시달려야 했다. 할리우드 블록버스터의 주연을 맡은 세계적인 스타였으니 국민적인 관심이 쏠리는 건 당연한 일이었다.

엄청난 수의 기자들도 취재를 위해서 공항에 나왔는데, 연예부뿐만 아니라 사회부 기자들도 있었다.

주혁은 이제 단순한 배우가 아니라, 한국을 대표하는 얼굴이었다. 어디서 조사를 한 건 아니었지만, 가장 많은 외국 사람들이 아는 한국인이 주혁이 아닐까 싶었다. 그만큼 주혁의 유명세는 대단했다. 한국은 몰라도 주혁은 아는 사람이 있을 정도였으니까.

주혁이 도착하자 엄청난 환호성이 들리고 사방에서 불빛이 번쩍였다.

주혁은 원래 번거로운 걸 싫어하기는 했지만, 워낙 취재 열기가 뜨거워서 그냥 공항에서 빠져나갈 수가 없었다.

그래서 간략하게 기자회견 자리를 마련했다.

"이런 자리는 딱 질색인데 말이에요."

"나중에 따로따로 만날 생각을 해봐. 이렇게 한 번에 털어버리는 게 훨씬 이득이지."

기재원 대표는 빙긋 웃으면서 말했다.

그 말을 들으니 확실히 이렇게 한 번에 모아놓고 기자회견을 하는 게 훨씬 낫겠다는 생각이 들었다.

주혁은 기재원 대표를 비롯한 공항에 마중 나온 지인들과는 반가운 인사를 나누었는데, 기자회견이 있어서 본격적인 이야기는 뒤로 미루어야 했다.

기자회견에서 엄청난 질문이 쏟아졌는데, 주혁은 핵심적인 부분만 추려서 대답했다.

그래서 대답이 길지는 않았지만, 기자들은 만족해하면서 빠르게 손을 움직였다.

누군가가 묻고 주혁이 대답을 하면 타다닥거리는 소리가 사방에서 들리는 일이 반복되었다.

"이번에 촬영한 작품에 관해서도 간략하게 설명을 해주시죠."

작품을 몰라서 한 질문은 아닐 것이다. 적어도 여기 모인 사람 중에 이 시리즈를 모르는 사람은 없을 테니까. 이전 시리즈와는 무엇이 다른지, 촬영 가운데 흥미로운 일은 어떤 게 있었는지를 묻는 것일 터이다.

주혁은 일단 작품의 내용을 간략하게 설명했다. 기사에 몇 줄 들어갈 작품의 줄거리 정도는 있어야 할 테니까. 그리고 감독이나 제작자들과 상의하면서 어떤 점에 중점을 두고 촬영했는지 말했다.

"어느 나라 사람인지는 물론이고 성별이나 나이에 구애받지 않고 즐기실 수 있는 작품이라고 생각합니다."

할리우드 블록버스터는 대중성을 가장 우선시한다고 보면 되었다. 그리고 이번 작품은 그런 할리우드의 문법에 충실한 작품이라고 생각했다. 주혁은 거기에다가 동양적인 정서가 덧칠해진 독특한 분위기의 작품을 볼 수 있을 것이라고 소개했다.

그리고 촬영을 하면서 있었던 재미있는 에피소드를 한 가지 이야기했다. 제작진과도 이야기가 된 거였는데, 이번에 한국에 가서 공개를 해도 좋다는 에피소드 중 하나였다.

사람들은 흥미로운 이야기에 키보드 위에 놓여 있는 손이 더욱 빨라졌다.

대부분의 기자들이 호의적인 시선으로 질문을 던졌지만, 모든 기자가 우호적인 건 아니었다.

한 기자가 다소 삐딱한 시선으로 질문을 던졌다.

"주혁 씨는 흥행에는 성공을 하고 있지만, 알맹이가 없는 작품만 한다는 지적도 있습니다. 대부분 작품성이 떨어지는 작품을 했다는 말이죠. 이 영화도 마찬가지라고 보는데요, 그 점에 관해서는 어떻게 생각하십니까?"

일부는 눈살을 찌푸렸고, 일부는 주혁이 어떤 대답을 할지 호기심에 가득 찬 눈으로 상황을 살폈다.

주혁은 피식 웃었다. 이건 무슨 개 풀 뜯어 먹는 소리란 말인가.

"축구장에 경기를 보러 갔는데 거기서 발레를 하고 있으면 어떨 것 같습니까?"

주혁의 말에 사람들이 킥킥대며 웃었다. 비유가 너무 웃겼기 때문이었다.

하긴 축구를 즐기고 싶은 사람은 축구장에 갈 것이고, 발레를 보고 싶은 사람은 공연장에 갈 것이다. 지금 기자는 축구장에 가서 축구 선수들 보고 왜 발레를 하지 않느냐고 묻고 있는 거였다.

기재원 대표는 주혁이 유머가 많이 늘었다는 생각을 했다.

"대중적인 장르는 대중을 만족시키기 위해서 존재하는 겁니다. 시청자나 관객이 즐길 수 있는 것을 제공하는 거죠. 사람은 일에 집중하고 사색을 하고 싶을 때도 있지만, 편하게 쉬고 싶을 때도 있지 않습니까?"

주혁은 예술성과 대중성, 두 마리 토끼를 모두 잡을 수 있으면 좋겠지만, 대중적인 장르는 대중성이 가장 먼저라고 말했다.

물론 예술영화와 같이 작품성을 보여주고자 만드는 작품은 거기에 충실해야 한다. 그런 작품은 그것이 존재 이유이니까.

그렇게 인간 내면에 대한 깊은 성찰이나 사회와 구성원들에게 화두를 던지는 그런 작품도 분명히 가치가 있다.

하지만 대중 장르도 그만한 가치가 있다고 주혁은 생각했다.

사람에게 휴식이 얼마나 중요한가. 지치고 피곤한 심신에 활력을 불어넣고, 삶에 새로운 기운을 집어넣는 게 휴식이다. 아무런 의미 없는 시간 때우기라고 비하하는 사람도 있었지만, 그건 정말 아무것도 모르는 사람들의 말이다.

"섬유질이라고 다들 아실 겁니다. 한때 섬유질은 인체에 아무런 작용을 하지 않아서 필요하지 않은 물질이라고 생각한 적도 있었다더군요."

그래서 가공 음식을 만들 때, 일부러 섬유질을 제거하기도 했다고 한다.

그랬더니 여러 가지 문제가 생겼다. 그런 음식을 많이 섭취한 사람들에게서 콜레스테롤 수치가 높아지고, 변비가 생기는 현상이 일어났던 것이다.

아무런 작용도 하지 않고 그대로 배출된다고 생각했던 섬유질이 사실은 콜레스테롤을 낮추고 변비를 예방하는 효과가 있었던 것이다. 게다가 포만감도 유지시켜서 식사량 조절에도 필요한 것이었고.

"휴식을 하는 동안에는 아무것도 하지 않습니다. 하지만 휴식이 필요 없는 거라고 생각하는 사람은 없겠죠? 저는 대중

장르가 휴식과 같은 거라고 생각합니다."

질문을 한 기자는 아무런 대꾸도 하지 못했다.

주혁의 이야기가 절대적인 진리는 아니다. 하지만 적어도 충분한 설득력은 갖추고 있었다. 그리고 이 자리에 있는 사람들은 거의 주혁의 말에 동의하고 있었고.

"이 정도면 충분한 대답이 되었겠죠?"

주혁은 편안한 표정으로 말했고, 다른 기자가 손을 들고 질문을 했다. 동양인이라서 불편한 점은 없었느냐는 질문이었다.

사실 아직 동양인에 대한 편견이 곳곳에 남아 있긴 했다. 하지만 주혁은 이 영화를 찍으면서는 그런 걸 느끼지 못했다.

그래서 예전에 병원에서 있었던 일이나 자신이 겪었던 일을 간단하게 언급하면서 그런 편견이 아예 없지는 않지만, 영화를 찍으면서는 전혀 느끼지 못했다고 대답했다.

그리고 사실 그것보다 더 큰 문제는 한국에 대해서 사람들이 잘 모른다는 거였다.

한국이라는 나라가 예전에 비해서 많이 알려져 있기는 했지만, 아직도 어디에 있는지 모르는 사람도 많았다. 그리고 북한과 헷갈리는 사람도 많았고, 전쟁 직후의 폐허와 같은 모습으로 기억하고 있는 사람도 있었다.

그래서 제프리나 일부 사람들은 아니었지만, 주혁에게 일본인인지 중국인인지를 묻는 사람들이 많았다. 서양 사람들이 주혁과 같은 생김새를 한 사람들의 국적으로 그 두 나라를 대표적으로 생각하기 때문이었다.

"처음에는 한국이라고 하면 잘 모르거나 북한을 이야기하는 사람도 있었습니다. 하지만 지금은 저와 같이 촬영을 한 배우나 스태프 중에는 그런 사람은 한 명도 없을 겁니다."

주혁이 사람들과 이야기를 나누는 도중에 계속해서 한국에 관한 화제를 꺼내서 그런 거였다.

주혁은 스태프들과 이야기를 많이 나누었다. 촬영을 하면서 이야기를 할 일이 아주 빈번했기 때문이었다.

할리우드 시스템은 처음 경험하는 것이라 조금이라도 생소한 것이나 잘 모르는 게 있으면 담당자에게 바로 물어보았다.

그 사람도 친절하게 이야기를 해주었고. 그러면서 자연스럽게 이런저런 이야기를 하다 보면 한국 이야기가 나왔다.

주로 주혁이 찍었던 작품을 언급하면서 어떤 점은 비슷하고 어떤 점은 차이가 있다는 식으로 이야기를 풀어나갔다. 그러면 상대도 흥미를 보이면서 영화나 촬영장에 관련된 이야기를 물었고, 그러면서 자연스럽게 한국에 대해서 알아가게 되었다.

개중에는 자동차나 가전제품, 핸드폰의 브랜드가 한국의

것이라는 걸 처음 아는 사람도 있었다. 그 브랜드를 일본의
제품으로 알고 있었던 것이다.

하지만 이제는 그렇지 않다는 걸 모두가 알고 있었다.

"아마도 홍보 활동을 하다 보면, 각 나라의 토크쇼나 여러
프로그램에 출연하게 될 기회가 있을 겁니다."

그런 자리에서 자연스럽게 언급할 수 있는 기회가 있다면,
적극적으로 그들이 잘못 알고 있는 사실을 바로잡아 줄 생각
이었다. 과장된 홍보를 할 건 없었지만, 잘못 알고 있는 건 제
대로 알려주어야 할 것 아닌가.

그 후로도 몇 가지 질문이 더 나왔지만, 점점 신변잡기의
질문으로 흘렀다. 왕좌의 게임에 출연 중인 리리아 카르타와
는 어떤 관계냐는 질문도 나왔고, 지금 사귀고 있는 여자 친
구는 없느냐는 질문도 나왔다.

주혁은 리리아 카르타와는 세인트 엘모 사건이 인연이 되
어 알게 되었고, 같은 배우라서 친하게 되었다고 이야기했다.
그러면서 특별한 관계는 아니라고 못 박았다. 그리고 아직 연
애 상대는 없다고 밝혔다.

"장시간 비행 때문에 피로한 상태니 여기까지 하겠습니
다."

기재원 대표가 나서서 상황을 정리했다. 질문을 할 게 더
있으면, 회사로 연락을 하라고 말하면서.

기자들은 아쉬워했지만, 이내 주변을 정리하고는 자리에서 일어났다.

주혁도 사람들과 함께 준비된 차량으로 이동했다.

"역시나 여기가 제일 편한 것 같아요."

야자수가 쭉 뻗어 있는 LA의 이국적인 풍광도 멋지기는 했지만, 자동차의 창 너머로 한강이 넘실거리면서 흐르는 게 보이는 지금의 모습이 훨씬 정겨웠다.

어떤 걸 택하겠느냐고 묻는다면 주혁은 생각도 하지 않고 무조건 지금을 택할 것이다.

"모레까지는 푹 쉬어야겠어요. 사실 기간으로만 보면 평소하고 다를 것도 없는데, 외국에 나갔다 와서 그런지 무척 오랜만에 보는 것 같네요."

모레까지는 친척과 지인들과 시간을 좀 보낼 생각이었다. 미리 양해를 구하고 사람들과 연락해서 약속도 잡아놓았다.

사실 평소에도 어디 자주 만나게 되던가. 일 년에 잘 봐야 서너 번이다. 그것도 아니면 한두 번 보는 경우가 대부분이었고.

하지만 이번에 보는 건 굉장히 오랜만에 보는 기분이 들었다.

"그렇게 해. 거기 맞춰서 그사이에는 일정도 전부 빼놨으니까. 그나저나 영화는 괜찮을 것 같고?"

기재원 대표의 물음에 주혁은 이야기보따리를 풀었다.

할 이야기가 좀 많겠는가.

두바이에서 고생했던 일부터 차근차근 말하기 시작했다. 워낙 흥미진진한 이야기들이 많아서 회사에 도착할 때까지 사람들은 시간 가는 줄도 모르고 주혁의 이야기에 빠져들었다.

*　　*　　*

"컹! 컹!"

미래가 굵은 목소리로 짖으면서 달려왔다. 엄청난 덩치를 가진 녀석이 어찌나 빠른지 무슨 말이 뛰어오는 것 같은 느낌이 들었다. 고수부지에 있는 황태자의 건물 안이었는데, 미래는 너른 잔디밭을 바람처럼 내달렸다.

이곳에서 오늘 파티를 할 예정이었는데, 지언이 데리고 있던 미래와 함께 온 거였다.

오랜만에 주혁을 본 미래는 미친 듯이 달려왔고, 사람들은 공중을 날아가는 하얗고 거대한 털 뭉치를 보았다.

"으헉."

주혁은 미래를 안으려고 했는데, 워낙 녀석의 힘이 워낙 강했다. 다가온 미래가 발로 어깨를 짚자 주혁은 그만 뒤로 자빠지고 말았다. 뛰어온 가속도에 녀석의 무게까지 더해지니 보통 사람의 힘을 훌쩍 뛰어넘는 주혁도 당할 수가 없었던 것이다.

미래는 넘어진 주혁의 얼굴을 혀로 할짝할짝 핥았다.

주혁은 앉아서 미래를 껴안고 머리를 쓰다듬어 주었다.

미래는 주혁이 그리웠던 듯 잠시도 그의 곁을 떠나려고 하지 않았다.

주혁도 미래를 계속 데리고 다녔다. 이렇게 반가워하는 걸 보니 그동안 다른 사람에게 맡겼던 게 조금 미안해지기도 했다.

"다음에는 같이 데리고 다닐까?"

"그래요. 미래는 말썽도 부리지 않잖아요. 내가 데리고 있을 때도 정말 착하게 굴더라고요. 대소변도 자기가 알아서 다 가리구요."

지금도 미래는 주혁의 옆에서 발에 턱을 고이고는 누워 있었다. 주혁은 다음부터는 외국에 가더라도 같이 갈 수 있는 방법을 찾아봐야겠다고 생각했다.

그러는 사이 사람들이 하나둘 도착했다.

황태자 부부와 학교 동기들. 양선화와 주승우, 강은혜와 손강호 선배. 지아와 민세희, 배한나와 정예진, 공포의 외인구단에서 함께 고생했던 사람 중 몇 명과 소민과 소영이까지.

근 30여 명이나 되는 사람이 한자리에 모였다. 대부분 스타라고 할 수 있는 사람들이 모였는데, 주혁이 아니라면 한자리에 모이기 어려운 그런 조합이었다.

친구와 함께한다는 건 비교할 수 없는 즐거움이었다. 오죽하면 논어에도 친한 벗이 멀리서 찾아오는 게 큰 즐거움이라고 했겠는가. 중국이 워낙 넓어서 서로 보기 어려워서 그랬을 수도 있긴 했지만 말이다.

사람들은 서로를 보면서 신기해했다. 배우가 가장 많기는 했지만, 그렇지 않은 사람들도 있었으니까.

특히나 소민이는 작년 동계 올림픽에서 금메달까지 목에 걸지 않았던가. 처음에 보았을 때는 작고 가녀린 아이였지만, 이제는 숙녀티가 물씬 풍겼다. 그리고 주혁보다도 유명한 세계적인 스타였다.

주혁은 사람들을 보면서 시간이 정말 많이 흘렀다는 걸 실감했다. 그걸 느끼니 만감이 교차했다.

주혁은 그동안 어떻게 지냈는지 사람들과 이야기를 나누면서 술을 마셨다.

이야기는 끝도 없이 이어졌다. 그리고 웃음과 떠들썩한 분위기도 쉽사리 가라앉지 않았다.

즐거운 시간은 영원히 계속될 것 같았다.

정말 오랜만에 본 사람도 있었지만, 어제 만난 사이 같았다. 그리고 멀리서 얼굴만 보면서 술잔을 들어도 서로를 생각하는 마음이 느껴졌다. 서로의 마음이 가까운 사람은 시간이나 거리와는 상관없이 항상 곁에 있는 그런 느낌이 드는 모양이었다.

그리고 여기에 있는 사람들은 주혁이 모두 그런 사람이라고 생각하는 사람들이었다.

주혁은 정말 기분 좋게 취할 수 있었다. 건물 밖으로 보이는 아름다운 야경에 취하고, 술에 취하고, 사람에 취했다. 주혁은 세상을 다 가진 기분이었다.

파티는 밤이 늦도록 계속되었고, 시끌벅적한 사람들의 목소리는 여전히 건물 안에 울려 퍼졌다. 시간은 달빛을 받아 반짝이는 강물과 함께 흘러갔지만, 파티는 끝날 줄을 몰랐다.

*　　　*　　　*

사람들과 지내다 보니 하루하루가 순식간에 지나갔다. 즐겁고 유쾌한 시간이기는 했지만, 파티가 언제까지 계속될 수는 없는 법.

주혁도 다시 일상으로 돌아왔다. 그리고 돌아온 일상은 엄청나게 바쁜 일정의 연속이었다.

"오늘은 이게 끝이지?"

"예, 형님. 외부 일정은 끝인데요."

장백의 대답을 들은 주혁은 시트에 몸을 눕혔다. 워낙 그를 찾는 곳이 많아서 잠시도 쉴 틈이 없었다. 뉴스까지 얼굴을 내밀어야 했으니 다른 건 말을 해 무엇하겠는가. 비행기에 헬기까지 갖가지 운송 수단을 모두 타고 돌아다녔다.

"그런데 대표님이 얘기한 그 소설은 뭐야?"

"아, 그거요? 제가 읽어봤는데, 이거 대박이에요."

그 작가의 작품은 상당한 관심을 받고 있었는데, 모두 전작이 방송에서 히트한 덕분이었다.

주혁도 예전에 윤미가 권해서 그 작가의 책을 읽은 기억이 났다. 그리고 그 당시에 상당한 흥미를 느꼈었다. 새로운 감성이 그 안에 있었기 때문이었다.

"아, 태국인가 갈 때 읽었던 그 책. 맞아. 상당히 인상적이었지."

주혁은 흥미를 가지고 윤미가 건넨 이야기를 읽어보았다. 주혁이 소설을 보면서 느낀 건 확실하게 이야기를 만드는 재주가 있는 사람이라는 거였다. 캐릭터와 배경도 그렇고, 이야기 자체가 상당히 흥미로웠다.

"성균관 유생 뭐시긴가 그거하고 색깔은 조금 비슷한 것 같은데, 나는 이게 더 좋은 것 같은데?"

"그렇죠? 이거 꼭 해야 한다니까요."

인물도 상당히 매력적이었고, 갈등 구조도 좋았다. 만들게 되면 퓨전 사극으로 해야 해서 PPL을 할 수 없다는 게 문제기는 했지만, 작품으로서는 욕심을 낼 만했다.

주혁은 집에 와서도 계속해서 작품을 보면서 생각을 했다.

[조금 천천히 넘기라고. 너무 빨리 넘기니까 제대로 볼 수가 없잖아.]

상자가 조금 짜증스러운 목소리로 말했다.

이제는 하다하다 소설까지 취미를 붙인 모양이었다.

주혁은 정독을 하면서 조금 천천히 페이지를 넘겼다.

[이제 드라마는 안 보고?]

[드라마도 드라마지만, 소설은 소설대로의 맛이 있지. 고기가 맛있다고 생선을 안 먹지는 않잖아?]

주혁은 피식 웃었다.

잘은 몰라도 상자는 자신과 취향이 상당히 비슷한 것 같았다. 서로 기운을 주고받는 사이여서 그런 건지는 모르겠지만, 작품에 관해서 견해가 크게 다른 적은 없었던 듯했다.

소파에 앉아서 책을 보는 주혁의 옆에는 미래가 하품을 하면서 입맛을 다시고 있었다.

미래는 주혁이 돌아오면 곁에서 떨어지려고 하지 않았다. 미안한 생각도 들어서 주혁도 돌아오면 계속 같이 있었다.

[거기다가 왕좌의 게임이 끝나서 요즘은 볼 게 별로 없더

라고.]

한동안 무지하게 드라마에 빠져 있더니 이제는 조금 시들 해진 듯했다.

주혁은 책을 읽으면서, 이 작품을 드라마로 제작한다면 어떤 식으로 만들면 좋을까 생각해 보았다.

확실히 영어로 된 시나리오를 볼 때와는 달랐다.

그림이 훨씬 잘 그려졌다. 그리고 캐릭터도 상당히 선명하게 그릴 수 있었다.

원래는 다른 곳에 갔다가 문제가 있어서 들어온 작품이라는데 주혁은 상당한 행운이라고 여겼다.

그래서 집중해서 작품을 분석했고, 자신만의 생각을 정리했다.

그리고 며칠 후 회의에서 적극적으로 해보자는 의견을 냈다.

"이거 아주 좋은데요? 저는 했으면 좋겠다는 데 한 표 던지 겠습니다."

"그렇지? 나도 그래서 받은 거라니까."

기재원 대표와 김중택 대표는 같이 머리를 싸매고 이 작품을 어떻게 만들지에 대해서 이야기를 나누었다. 소설과 드라마는 문법이 달라서 손을 볼 곳이 있기는 했다. 하지만 그거야 큰 틀만 정하고 차츰 손을 보면 되는 일.

일단 내용과 캐릭터와 관련된 이야기를 나누다가 전체적인 제작 규모와 흥행을 하기 위한 캐스팅 같은 측면까지 이야기를 나누었다.

"제작비는 문제가 되지 않는데, 누굴 캐스팅하면 좋을 것 같아?"

바사드 투자회사가 뒤에 버티고 있으니 제작비는 문제가 되지 않았다. 그리고 그게 없더라도 최근에 만든 작품들이 국내외에서 좋은 반응을 얻고 있어서 자금적인 측면에서는 전혀 문제가 없었다.

"제가 생각을 좀 해봤는데요. 우리 애들을 쓰면 될 것 같던데요?"

"우리 애들을?"

주혁은 고개를 끄덕이면서 펜을 들고 종이에다가 적어가면서 이야기를 했다.

"주요 배역 이미지를 떠올리다가 보니까 우리 애들하고 굉장히 잘 어울리더라고요. 그리고 애들 연기도 물이 올랐으니 충분히 소화할 수 있을 것 같구요."

주혁은 먼저 연우라는 캐릭터 이름을 적고는 유정과 소영의 이름을 적었다.

"여주인공 역할은 이렇게 둘이 하면 딱일 것 같아요. 아역은 유정이가 하고 성인이 된 후에는 소영이가 하고. 둘이 동글동글하니 이미지도 비슷하지 않아요?"

기재원과 김중택은 이야기를 듣고 둘의 이미지를 떠올려 보았는데, 나쁘지 않다고 생각했다. 작중의 이미지와 제법 잘 맞았고, 둘이라면 배역도 잘 소화할 수 있을 듯했다.

"하기야 소영이 정도면 여주인공으로 나쁘지 않지. 인지도도 그렇고, 연기력도 그렇고."

과속 스캔들로 일약 스타덤에 오른 소영은 그 후로도 꾸준히 작품 활동을 하면서 연기력을 인정받고 있었다. 그러니 여주인공으로 손색이 없었다.

주혁이 추적자를 하면서 눈여겨보고는 영입한 유정이도 마찬가지였고.

"다음은 남자 주인공인데, 이건 수현이가 하면 될 것 같아요."

아역은 잘 모르겠지만, 성인 연기자는 수현이 하면 잘 어울릴 것이라고 생각했다.

안수현은 드림하이에서 인기를 얻어서 이제는 제법 유명세가 있었다. 그리고 연기력도 꾸준히 늘고 있어서 이번에는 어떤 연기를 보여줄지 기대가 되었다.

"하긴 안수현하고 장소영이면 좋은 카드긴 하지."

대표들도 긍정적으로 생각이 되었는지 연신 고개를 끄덕

였다.

수현의 인지도가 조금 약하기는 했지만, 조만간 터질 거라고 생각하고 있는 배우였다. 그러니 여러모로 아주 흥미로운 조합이었다.

"거기다가 보경의 아역은 소현이가 하면 되겠네요."

주혁은 보경이라는 이름에 동그라미를 치면서 말을 했다.

소현이도 부쩍 성장했다. 아가야 청산가자에서 연기를 보고 데려온 아이였는데, 그 이후로 아역으로 맹활약 중이었다.

"소현이면 좋지. 유정이하고 소현이라. 정말 딱인데?"

"하긴 요즘 가장 잘나간다는 아역이잖아. 애들이 어린데도 연기가 아주 좋더라고."

일단 남녀 주인공을 그렇게 가져가면 큰 문제는 해결된 거나 마찬가지다.

다른 배역은 거기에 어울리는 배우를 캐스팅하면 될 터.

"자네도 어떻게 한자리할 텐가?"

"저는 어울리는 배역도 없어요. 그리고 이런 드라마에는 저보다는 어리고 파릇파릇한 친구들이 나와야죠."

김중택 대표의 농담에 주혁도 유머러스하게 대답했다.

셋은 잠시 웃으면서 편하게 이야기를 나누다가 다시 어떤 사람을 캐스팅하면 좋을지에 관해서 의견을 나누었다.

일단 이 작품을 제작하는 건 확정되었다. 그리고 아이들에게 의사를 물어보았는데, 모두가 승낙했다. 작가의 전작이 히트를 한 것도 있었고, 작품이 워낙 매력적이어서였다.

특히나 아역을 맡은 여자아이들이 무척 좋아했다.

그리고 정글피쉬에 이어서 다시 한 번 호흡을 맞추게 된 안수현과 장소영도 무척 기대를 하는 눈치였다.

둘 다 지금까지 드라마에서 맡은 역할 중에서 가장 비중이 큰 역할인 데다가, 작품도 상당히 기대가 되는 작품이었으니까.

*　　　*　　　*

캐스팅은 순조롭게 진행되었다.

김중택 대표의 신념은 명확했다.

스타가 흥행을 보장하지는 않는다는 거였다.

그 작품을 살릴 수 있는 배우가 중요하지 꼭 스타가 나와야 하는 건 아니라는 생각이었다.

사실 스타를 캐스팅하는 데는 제작비 문제도 있었다. 스타가 나와야 기본 시청률이 나오지 않겠느냐고 생각하는 투자자들이 있었으니까.

하지만 김중택 대표는 그런 점에서 조금은 자유로운 편이다.

미래 컨소시엄의 대주주인 바사드 투자회사가 막강한 자본력을 가지고 밀어주고 있었기 때문이었다.

그래서 과감하게 작품만 보고 제작을 진행할 수 있었다.

그런데 오히려 그렇게 편하게 생각하니 하는 작품들이 더 잘되었다.

그래서 이제는 미래 컨소시엄에서 제작하는 드라마는 색깔이 확실했다. 유명 배우보다는 실력 있고 작품에 어울리는 배우가 나오는 드라마라는 인식이 생겼다.

"자네는 언제 출국이지?"

"추석 지나고 조금 있다가요."

오디션 심사를 하다가 잠시 쉬는 사이에 김중택 대표와 주혁은 이야기를 나누었다.

추석이 9월 12일이었으니 두 달이 채 남지 않은 거였다.

영화는 지금 한창 후반 작업 중인데, 그가 LA에 도착할 때쯤이면 작업이 모두 끝나 있을 것이다.

9월 말에 HBO의 초대로 파티에 참석을 하고 나서는 바로 전 세계를 돌아다니면서 영화 홍보 활동을 해야 할 것이다.

"그러면 또 당분간 한국에는 오지 못하겠군그래."

"아마도 개봉에 맞춰서 들어오지 않을까 싶어요."

개봉이 12월로 예정되어 있었으니 두 달가량을 외국에서 보내는 거였다. 그렇게 따지니 올해는 국내에 머무는 시간보다 외국에서 지낸 시간이 더 많을 듯했다.

"다음 작품은 생각해 둔 건 있고?"

"많이 들어오기는 하는데, 아직은 검토 중이에요. 딱히 끌리는 것도 없구요."

이번에 찍은 작품이 심상치 않다는 소문이 솔솔 퍼지고 있었다.

소문이야 소문으로 끝날 수도 있는 것이지만, 대부분은 그렇지 않다. 그래도 이 바닥에서 오래 굴러먹던 사람들의 눈에 되겠다 싶은 건 그렇게 되는 경우가 많았으니까.

그래서인지 유명한 제작자들로부터 제안이 많이 들어왔다. 특히나 액션 블록버스터 영화의 시나리오가 많이 들어왔다.

하지만 주혁은 이번에는 액션보다는 다른 장르를 하는 편이 좋을 것 같다고 생각했다.

'액션은 지금 영화에서 충분히 보여주었으니까, 이제는 그것보다는 연기를 더 보여줄 수 있는 그런 영화가 좋겠지.'

주혁은 자신이 액션 배우로 이미지가 굳는 걸 원하지 않았다.

아직 보여줄 게 많았다.

배우라면 그래도 연기력으로 관객과 호흡하는 걸 원하는

게 당연한 일 아니겠는가. 그건 주혁도 마찬가지였다.

물론 마음에 쏙 드는 시나리오가 있다면, 액션을 한 번은 더 할 수도 있었다.

하지만 들어오고 있는 시나리오를 보면 어딘가 부족하다는 느낌이 들었다. 무언가 채워지지 않는 그런 부분이 있었다.

"회사로도 시나리오가 많이 들어오는데, 한번 볼 텐가?"

"좋죠. 영어로 된 시나리오는 어쩐지 정이 안 가더라구요."

주혁은 당분간은 할리우드에서 활동하겠다고 생각하고 있었고, 그렇게 언론에 밝히기도 했다.

하지만 그런 걸 알면서도 주혁을 주인공으로 캐스팅하고 싶다는 제의가 많이 들어왔다. 그리고 시나리오도 엄청나게 쌓이고 있었고.

주혁은 들어온 시나리오는 모두 살펴볼 생각이었다. 요즘 들어서 상상력이 많이 부족해진 것 같아서 소설도 많이 읽고 있었는데, 시나리오라고 마다할 이유가 없었다. 그리고 만약에 좋은 작품이 있다면 아예 할리우드로 가져갈 수도 있었다.

그런 이야기를 김중택 대표에게 하자 좋은 생각이라고 했다. 완성도가 있는 작품이라면 할리우드로 가져가도 얼마든지 경쟁력이 있다고 생각하고 있었으니까.

"이번 영화가 히트하면 그런 것도 무리는 아니겠어."

김중택 대표는 그렇게 되었으면 좋겠다면서 기지개를 켰다.

솔직한 이야기로 할리우드 작품이라도 시나리오가 허술한 게 많았다. CG와 자본으로 범벅을 해도 결국은 영화는 이야기가 중요하다.

이야기가 좋다면야 어느 나라에서 어떤 작가가 그걸 썼든 무슨 상관이겠는가. 그리고 지금까지야 그런 경우가 없었지만, 주혁이 진출해서 제작까지 관여한 이번 작품이 히트한다면 이야기는 달라진다.

김중택 대표도 이번에 주혁으로부터 할리우드 스타일과는 다소 다른 감성으로 작품을 찍었다는 이야기를 들었다.

만약 그게 전 세계를 상대로 통한다는 게 증명된다면, 다음 작품의 시나리오를 주혁이 추천한다고 해도 누가 반대를 하겠는가.

만약 마땅한 제작자가 나서지 않으면 단독으로 제작을 시도할 수도 있을 것이다. 자본이야 충분했고, 이미 지명도도 있었으니까.

그러니 이번 작품만 흥행에 성공한다면, 당분간 주혁의 행보는 탄탄대로일 것이다.

"자, 이제 다시 시작하지."

김중택 대표가 오디션을 다시 시작하자고 이야기했다.

주혁은 의자를 살짝 끌어당겨 자세를 바로 하고는 앞에 있는 이력서를 살폈다.

"다음 들어오세요."

문이 열리는 소리가 들렸다. 배우들이 오디션을 보기 위해서 계속 들어왔고, 시간이 흐를수록 배역은 하나둘 정해지기 시작했다.

그리고 각색 작업도 속도를 내고 있어서, 작품도 점점 그 모양을 갖추어 나가고 있었다.

그렇게 아토 엔터테인먼트의 배우들이 대거 참여한 드라마는 세상에 그 모습을 서서히 드러내고 있었다.

*　　　*　　　*

"HBO에서 연락이 왔는데 알고 있지?"

"예, 들었어요. 9월 24일에 행사가 있다고 하니까 며칠 전에 가려구요."

주혁은 기재원 대표의 말에 대답을 했다. 이야기한 대로 며칠 일찍 가서 후반 작업을 마친 작품도 확인하고, 홍보 관련해서 이야기도 나눌 생각이었다.

그리고 이태영과 자연스럽게 만날 기회도 만들 예정이었고.

그런데 의미심장한 웃음을 날리던 기재원 대표는 주혁에게 뜻밖의 말을 했다. 주혁이 이번 영화를 촬영하는 동안 준비하고 있던 프로젝트에 관한 이야기였다.

"한류 공연이요?"

"그래. 세계 투어를 지금 계획하고 있거든."

기재원 대표는 대한민국을 대표하는 아이돌 그룹을 총망라해서 세계 투어를 할 계획을 세우고 있었다.

그리고 단순히 콘서트만 하는 게 아니라 영화와 드라마 쪽도 같이 진행할 생각을 가지고 있었다.

아시아와 유럽을 지나 남미를 거쳐 미국에서 끝나는 엄청난 계획이었다.

"아시아는 그렇다고 해도 유럽하고 남미는 좀 이른 것 아닌가요? 그리고 미국은 더 그렇구요."

주혁은 다소 걱정스럽다는 표정으로 이야기했다. 유럽과 미국에서야 한국 문화를 쳐주지 않는다고 생각해서였다. 남미는 솔직한 말로 잘 모르겠지만 말이다.

하지만 기재원 대표는 싱긋 웃었다.

"자네는 아이돌 그룹의 인기가 어느 정도인지 잘 모르는 모양이군."

그는 주혁에게 몇 가지 영상을 보여주었다. 한국 아이돌 그룹의 안무를 따라 하는 플래시몹이었는데, 엄청난 수의 사람들이 모여서 안무를 똑같이 따라 하고 있었다. 그런데 그걸 따라 하고 있는 건 동양인이 아니라 유럽과 남미, 그리고 미국 사람들이었다.

주혁도 이 분야에 관심이 없는 건 아니었다. 아토 엔터테인 먼트에도 아이돌 그룹이 있었고, 그들의 영향력이 어떤지 잘 알고 있었으니까.

하지만 요 몇 년간 워낙 작품 활동에 바쁘다 보니 신경을 많이 못 쓴 것도 사실이었다.

주혁은 자신의 생각보다 한국 가수들의 인기가 많다는 걸 여러 영상을 통해서 알 수 있었다.

하지만 기재원 대표는 가수들을 데리고 콘서트를 여는 정도의 행사를 생각하고 있는 게 아니었다.

"영화하고 드라마까지 같이요?"

"그래. 그 기간에 맞추어서 영화도 상영하고 드라마도 방송을 할 수 있게 하는 거지. 그리고 배우들도 현지에서 팬미팅 같은 것도 하고."

각자 스케줄이 있으니 시간을 맞추어봐야 하겠지만, 최대한 많은 인원을 동원해 볼 생각이라는 거였다.

주혁은 행사의 규모가 상당히 크다고 생각되었다.

"규모가 아주 큰 한국 문화 주간 같은 거네요?"

"비슷하다고 볼 수 있지. 그리고 페가수스도 상당히 긍정적인 답변을 보내왔어."

지금 한국에서 가장 유명한 기획사라고 하면 아토 엔터테인먼트와 페가수스를 들 수 있다.

물론 두 회사 말고도 엄청나게 많은 회사들이 있지만, 양적으로나 질적으로나 두 회사의 비중이 가장 컸다.

그러니 두 회사가 의기투합하면, 기재원 대표가 생각하고 있는 행사를 충분히 진행할 수 있었다. 두 회사에 소속되거나 연관 있는 연예인의 수가 엄청났으니까. 아토 엔터테인먼트는 규모가 작기는 했지만, 미래 컨소시엄이 있지 않은가.

미래 컨소시엄과 관련된 인원까지 합하면 페가수스를 오히려 능가했다.

그러니 두 회사만으로도 행사가 가능한 거였다. 물론 다른 곳에도 참여 의사를 물어서 전체적인 계획을 잡을 것이긴 했지만.

주혁은 상당히 좋은 계획이라고 생각했다.

사실 한류는 단순히 노래와 영상에 불과한 것이 아니다. 한류를 접한 사람들은 한국에 대해서 궁금해하고, 한국을 알려고 한다.

그리고 한국에 관광을 가거나 한국의 제품을 사용하기도 한다. 아이돌이 사용하는 화장품이 잘 팔리고, 영화나 드라마에 나온 핸드폰이나 가전제품, 자동차와 옷이 주목을 받기도 한다. 한국 라면과 음료수, 과자나 아이스크림 같은 것도 더 많이 수출된다.

그리고 다른 것보다 한류가 인정을 받으면 받을수록 한국의 이미지 자체가 높아진다는 게 가장 긍정적인 효과였다. 한류를 접하고 그것이 좋다고 생각되면, 대한민국 전체 이미지가 좋게 느껴지는 거였다.

예전에 할리우드 영화를 보고 청바지를 입고, 햄버거에다가 콜라를 먹은 것도 그런 이유인 것이다.

그리고 지금 미국 드라마를 보고 커피를 많이 마시게 된 것도 마찬가지라고 주혁은 생각하고 있었다.

그래서 기재원 대표의 계획에 찬성하는 입장이었다.

하지만 걱정이 되는 것도 사실이었다. 행사가 여러 지역에서 진행되는 만큼 문제도 있었으니까.

"하지만 아시아는 몰라도 미국과 유럽에서는 아직은 소수 마니아 정도가 즐기는 문화라고 알고 있는데, 그사이에 큰 변화가 있었던 건가요?"

"아니, 자네 말이 맞아. 아시아하고 유럽이나 미국은 온도차가 아주 심하지."

유럽과 미국에서는 아직 한류가 크게 인정받지는 못하고 있었다. 예전보다는 한류를 즐기는 사람이 많아지기는 했지만, 그 수는 미약했다.

하지만 최근 들어서 변화의 움직임이 감지되었다.

그 선봉장에는 바로 주혁이 있었다.

"자네 덕이 크지. '아저씨'가 미국에서도 흥행에 성공했고, 블록버스터 영화에 주연도 맡게 되었으니까."

덕분에 유럽과 미국에서도 한류에 대한 관심이 전보다 높아졌다고 했다.

그리고 한국에 대한 이미지도 서서히 변하고 있었다. 문화 변방국에서 이제는 주목해야 할 문화 강국이라고 인식이 점차 바뀌고 있는 거였다.

"그래서 이 행사를 계획하게 된 거야. 한류가 자리 잡은 아시아권에서는 확실하게 자리매김을 하고, 아직은 약하지만, 변화의 조짐이 보이기 시작한 유럽과 미국 시장에는 제대로 한류를 알리는 기회를 갖고."

주혁은 이야기를 듣고 나니 괜찮은 아이디어라는 생각이 들었다. 확실히 기재원 대표는 전체 흐름을 읽는 감각이 좋았다.

주혁도 지금 이런 행사를 하는 게 딱 적기라는 생각이 들었다.

"제 영화의 개봉도 염두에 두고 있는 거군요."

"맞아. 그래서 올해 말부터 내년 초까지 투어를 다닐 생각이야."

미션 임파서블의 개봉은 12월 초로 예정되어 있다. 그 시기가 되면 일단 주혁은 주목을 받게 될 것이다. 엄청난 홍보를 전 세계적으로 하게 될 테니까 당연한 일 아니겠는가.

그러니 그 시기를 전후해서 같이 홍보가 들어가면 효과가 좋을 건 자명한 일.

거기다가 영화까지 흥행 대박이 나면 그 효과는 더욱 커질 것이다.

그러니 그 시기에 맞추어 한류 행사 홍보를 하고 뒤이어서 현지에서 행사를 개최하려는 거였다.

그리고 시기적으로도 딱 좋다고 생각되었다.

주혁의 인기 덕에 한국에 대한 호기심이 생기기는 했지만, 시간이 지나면 사라질 것이다. 그러니 주혁의 후광이 남아 있을 때, 한류 행사를 개최하는 게 효과 면에서는 좋을 것이다.

그러니 시기는 지금이 적기인 셈이다.

"좋네요. 저도 참여하죠. 영화 개봉 이후에는 조금 한가해질 테니까요."

차기작을 검토하고 있지만, 아직은 딱히 잡힌 일정은 없었다. 이태영과 관련된 일만 해결하면 문제 될 것이 없었다. 로저 페이튼의 상자는 올해 안에 얻게 된다고 했으니, 행사가 시작되는 12월 말 이전에 해결되리라 생각했다.

기재원 대표는 지역별로 선호하는 내용이 달라서 그걸 조율하는 데 신경을 쓰고 있다고 했다. 아시아와 유럽, 남미, 미국은 취향이 완전히 달랐으니까. 각 지역에서 선호하는 노래와 영화, 드라마를 선별하는 일도 만만한 게 아니었다.

그리고 콘서트 장소를 잡는 것부터 영화관과 드라마를 방송할 방송국과 협의를 하는 것까지 무엇 하나 만만한 게 없었다. 그리고 콘서트 장소나 팬미팅 같은 건 어떻게든 할 수 있겠지만, 영화나 드라마는 내보낼 수 없을지도 모른다.

기재원 대표는 조금 일찍 준비를 했더라면 더 충실하게 행사를 할 수 있었을 거라며 무척이나 아쉬워했다.

하지만 다른 것보다 시기가 가장 중요하다고 생각해서 지금 계획을 밀어붙이고 있는 거였다.

결정적인 시기는 한 번 가면 다시는 오지 않을 수도 있는 거였으니까.

"다행스러운 건 유럽과 미국에서도 제법 반응이 좋다는 거야."

공식적인 조사는 아니었지만, 계획하고 있는 행사에 대한 반응을 조사한 적이 있었다.

이런 행사를 하면 어떻겠느냐는 질문에 긍정적인 답변을 한 사람이 예상외로 많았다.

원래 한류를 알고 있어서 찬성한다는 사람도 있었지만, 잘은 모르지만 알고 싶다고 대답한 사람의 수도 제법 되었던 것이다.

재미있는 사실은 그런 사람들 중 상당수는 주혁을 통해서
한국을 알게 되었는데, 한국의 문화를 접할 기회가 거의 없어
서 그런 기회가 있다면 참여하고 싶다고 대답한 거였다.

"이게 잘 먹히려면, 자네 영화도 중요해. 흥행 대박 나라
고. 우리도 그 덕 좀 보게."

"대박은 모르겠지만, 흥행에 참패하지는 않을 것 같아요."

주혁은 조심스럽게 이야기했다.

한국에서 상영되는 작품이라면 자신 있게 이야기를 했을
것이다. 국내 관객의 취향은 잘 알고 있었으니까.

하지만 전 세계 사람들의 취향을 전부 알 수는 없는 일 아
니겠는가.

자신의 생각으로는 충분히 흥행할 수 있다고 생각했지만,
결과는 뚜껑을 열어봐야 아는 법.

하지만 관객에게 외면받을 그런 작품은 아니라고 생각했
다. 재미라는 기본에 충실했고, 거기다가 짜임새와 캐릭터도
충분히 매력적이었으니까.

"그렇다면 잘되겠지. 그리고 시나리오 들어온 거는 정리해
서 차에 실어놨어."

"그래요? 오늘 집에 갈 때 전부 가져가야겠네요. 괜찮은 거
좀 있던가요?"

기재원 대표는 눈에 들어오는 작품은 없었다고 이야기했다.

확실히 좋은 작품을 만나는 건 쉽지 않은 일인 듯했다. 그건 할리우드나 대한민국이나 마찬가지였다.

"그럼 저는 나가볼게요. 오늘은 일정 끝나면 바로 집으로 갈 건데 특별한 일 없죠?"

"어. 그렇게 해. 특별한 건 없는데, 혹시라도 무슨 일 있으면 바로 연락할게."

주혁은 인사를 하고는 차량으로 향했다.

중간에 회사 직원들이 반갑게 웃는 얼굴로 그에게 인사를 했고, 주혁도 편안한 표정으로 인사를 받았다. 역시 한국이 정겹고 편하다는 생각을 하면서. 그리고 새로운 시나리오 중에는 어떤 게 있을까 기대도 되었다.

*   *   *

"그래, 무슨 일이지?"

—로저 페이튼의 움직임이 조금 이상해서 연락을 드렸습니다, 마스터.

윌리엄 바사드는 주혁에게 로저 페이튼이 아무래도 무슨 일을 꾸미고 있는 것 같다고 이야기했다. 비자금을 털어서 용

병들을 고용하고 있었는데, 최고의 실력자를 상당수 모았다는 거였다.

"어떤 것을 꾸미는지는 확인된 바가 없고?"

―알아보고는 있습니다만, 아직까지는 특별히 알아낸 건 없습니다.

윌리엄 바사드는 이번에 주혁이 미국에 갔을 때를 노리는 것이 아닌가 싶어서 촉각을 곤두세우고 있었다.

주혁도 올해 안에는 반드시 로저 페이튼과는 충돌을 할 텐데, 그것 때문에 그런 것인가 하는 생각을 했다.

"햄튼은 어떻지? 특별한 일은 없나?"

―여전합니다. 외부에서 손님이 오는 적도 없고, 항상 같은 사람들만 드나들고 있습니다.

잠시 감시를 멈추었다가 다시 살펴보고 있었는데, 여전히 보스가 사는 것으로 추정되는 햄튼의 저택은 베일에 싸여 있었다.

윌리엄 바사드는 미국에 오게 되면 특별히 고른 사람들을 붙이겠다고 이야기했다. 저번과 같은 일을 당하지 않으려면 경호에 만전을 기해야 한다면서.

주혁은 그러라고 했다. 막을 수 있는 건 막는 편이 좋았으니까.

동전을 두 개나 사용해서 앞으로는 가급적이면 동전을 사용해야 하는 일을 만들지 않아야겠다고 생각했다. 그러니 굳이 위험을 자초할 필요는 없는 것이다.

"그렇게 하게. 대신 믿을 수 있는 사람들로만 구성하게."

ㅡ물론입니다. 어떤 일인데 아무나 넣겠습니까. 틀림없는 사람들로만 팀을 꾸릴 터이니 걱정하지 않으셔도 됩니다.

윌리엄 바사드도 주혁의 미국 일정에 맞추어 자신의 스케줄을 조정했다. 주혁과 상의를 할 일도 있고, 로저 페이튼의 움직임이 심상치 않으니 신경을 더 쓰기 위해서였다.

주혁은 그 문제와 관련해서 이야기를 조금 더 나누다가 통화를 마쳤다.

그러고는 이번 드라마의 주역들을 만나기 위해서 발걸음을 옮겼다.

주혁이 도착했을 때, 아이들은 연습이 한창이었다.

그들의 배역은 이미 정해진 상태였고, 변동이 생길 가능성은 없었다. 그래서 미리 연습을 하고 있었는데, 주혁은 방해하지 않기 위해서 조용히 밖에서 그 모습을 지켜보고 있었다.

소영이와 수현이가 호흡을 맞추고 있었고, 그들이 쉬면 유정이와 소현이가 연기를 했다. 그리고 서로의 연기에 대해서 같이 이야기를 나누었다.

주혁은 흐뭇한 표정을 그 상황을 지켜보았다.

"많이 늘었네."

아이들의 연기가 정말 일취월장이라고 해도 될 만큼 좋아졌다.

소영이는 정말 완숙하다고 말해도 될 만큼 안정적이면서도 선명한 연기를 보여주었다.

수현이도 캐릭터를 아주 잘 살리고 있었고.

그리고 아역 둘도 이제는 아역이라고 부르지 않아도 되겠다는 생각이 들었다. 어지간한 성인 연기자보다도 연기가 좋았다.

원래 재능이 있는 아이들이었지만, 회사로 들어오면서 정말 눈부시게 발전을 거듭했다.

"애들 참 잘하지?"

"저도 정신 바짝 차려야겠는데요? 정말 애들은 무섭게 크네요."

김중택 대표는 이번에 제작하는 해를 품은 달에 상당한 기대를 하고 있었다. 이번 작품은 많은 의미를 담고 있는 거였다.

미래 컨소시엄이 드라마 제작으로 명성을 얻고는 있었지만, 공중파에서는 아직 특별한 성과를 내고 있지는 못했다.

케이블 방송에서는 연이어 히트작을 냈고, 수출 성과도 좋았다.

하지만 아직 공중파에는 진출을 하지 못했다.

드림하이가 히트를 하기는 했지만, 그건 전적으로 미래 컨소시엄에서 제작을 한 건 아니었으니까.

그래서 이번 작품에 거는 기대가 남달랐다. 게다가 주혁이 배역을 맡은 것도 아니고, 기대주들을 모아서 주요 배역을 맡긴 작품이었다.

이 작품에 제작사로서의 미래가 달라질 수도 있는 그런 중요한 작품이었다.

그래도 느낌은 좋았다. 주혁이 독보적인 존재긴 했지만, 그 뒤를 받치는 꿈나무들이 무럭무럭 자랐으니까. 이제는 주혁이 없더라도 그들이 회사를 대표할 수 있는 스타가 될 수 있으리라 생각되었다.

주혁과 김중택 대표는 진지하게 연습하는 아이들을 보면서 마냥 미소를 지었다.

CHAPTER **66**
균열

많은 사람들의 기대 속에서 '해를 품은 달'의 제작이 시작
되었다.

　주혁은 일정상 제작에 들어가는 걸 보지 못하고 한국을 떠
날 줄 알았는데, 다행스럽게도 초반부는 볼 수가 있었다. 생
각보다 캐스팅도 빨리 되었고 각색도 지체되지 않았기 때문
이었다.

　추석이 지나고는 바로 촬영에 들어갔는데, 초반부는 아역
들의 몫이었다.

　주혁은 김중택 대표와 함께 촬영 현장을 구경했다.

"이렇게 빨리 진행이 될 줄은 몰랐는데요?"

"운도 조금 좋았지. 적당한 배우가 나오지 않거나, 계속 거절하면 시간을 많이 잡아먹거든."

하지만 이번 작품에서는 그러지 않았다. 가장 중요한 남녀 주인공이 이미 정해진 것이 컸다.

중요한 배역을 정하는 데 시간이 많이 걸리는 경우가 많다. 여러 배우를 거치다 보면 몇 달을 잡아먹는 건 예사였다.

거기다가 미래 컨소시엄에서 제작을 한다는 것도 긍정적으로 작용했다. 흥행성을 보는 안목이 좋은 데다가, 처우도 무척 좋은 편이었으니까.

누구나 잘되는 작품에 출연하고 싶지 않겠는가. 주연이든 단역이든 간에 잘되는 작품에 얼굴이 나와야 좋은 법이다. 그런데 미래 컨소시엄은 그런 측면에서 상당한 강점이 있는 곳이었다.

게다가 자금력도 풍부하고, 신뢰할 수 있는 곳이었다.

작품을 하고도 돈을 떼이는 경우가 있다.

돈이 급하지 않은 사람이 얼마나 되겠는가. 제때 꼬박꼬박 돈이 나오는 것도 상당히 매력적인 조건 중 하나였다.

사실 이런 게 아주 당연한 일이었지만, 현실은 그렇지 않았다.

그래서 미래 컨소시엄과 같이 안정적인 제작사라면 충분

히 메리트가 있는 것이다.

그래서 연락을 받은 배우들은 대부분 제의를 받아들였다.

그렇게 그 역할에 적합하다고 생각한 중견 배우들이 속속 확정되었고, 오디션을 통해서도 젊고 실력 있는 배우들이 뽑혔다.

그래서 10월 초순경부터 촬영에 들어갈 예정이었는데, 근 한 달 정도를 앞당길 수 있었다.

주혁은 아역들이 연기하는 걸 보면서 이 작품이 잘되리라는 걸 짐작할 수 있었다. 저렇게 똑 부러진 연기를 하는 아이들이 이제 초등학생이라고 누가 생각하겠는가. 그리고 왕세자 역할을 하는 아이도 마찬가지였다.

여자아이들보다는 나이가 많다고는 하지만, 그래 봤자 이제 중학교 2학년이다.

주혁은 지금 연기를 하고 있는 아이들이 이대로만 쭉 커주었으면 좋겠다는 생각이 절로 들었다.

"5년, 10년 뒤가 기대되네요. 저런 아이들이 잘 커서 본격적으로 연기를 하게 되면, 굉장할 것 같아요."

김중택 대표도 고개를 끄덕이며 맞장구를 쳤다. 그 역시 저 아이들이 성인이 되어서 본격적인 연기를 하게 되는 날을 어서 보고 싶다는 생각을 하고 있었으니까.

"아쉽네. 자네도 계속해서 작품 제작에 참여했으면 좋았을 것을."

"일정이 그렇게 된 걸 어쩌겠어요. 그래도 이렇게 초반이라도 보고 갈 수 있다는 게 어딘가요."

그리고 어차피 12월경에 다시 한국에 들어올 것이니 그때 보면 된다고 생각했다. 하지만 이 작품과 자신은 인연이 없는 건 확실했다.

방송 편성이 내년 초에 되어 있었다. 그런데 12월 말부터는 세계 투어를 다닐 예정이었으니, 작품에 관여할 시간은 있어도 아주 짧을 수밖에 없었다. 그러니 이 작품과 자신은 인연이 없다고 생각하는 게 맞았다.

"하긴 그렇게 보니까 그러네. 나는 이번 작품이 자네가 제작에 참여할 좋은 기회라고 생각했는데 말이지. 아까워."

주혁은 피식 웃었다. 자신을 처음 봤을 때부터 배우가 아닌 다른 일을 해보지 않겠느냐고 계속해서 권했던 게 생각나서였다.

그의 말 덕분인지는 몰라도 계속해서 제작이나 사업적인 쪽으로도 관심을 두었고, 덕분에 이번 영화에서 제작에도 참여할 수 있었다.

"그래도 잘될 것 같아요. 느낌이 아주 좋네요. 오디션에서 뽑힌 연기자들도 아주 기대가 되구요."

소재와 설정, 그리고 대본이 아무리 좋아도 배우가 연기를 제대로 하지 못하면 작품은 망가진다.

그런 측면에서 이번 작품은 흥행 가능성이 높다고 보았다. 자신이 아는 아이들의 연기력이야 잘 알고 있었고, 오디션을 통해서 정해진 다른 배우들도 기대가 되었으니까.

이런 것도 운이라고 하면 운일 수 있었다. 하지만 분명히 그동안 쌓아온 것이 조금씩 영향을 미친 것일 터이다.

흥행하는 작품을 잘 고른다거나 처우가 좋다는 건 눈에 잘 보이지는 않는다. 그리고 하루 이틀 사이에 만들어질 수 있는 평판도 아니다.

하지만 일단 그런 평판이 만들어지고 나면, 상당한 힘을 발휘한다.

평판이란 게 그렇다. 쌓아 올리기는 어렵지만, 일단 든든하게 쌓고 나면 쉽게 무너지지도 않는 그런 거였다.

그래서 좋은 배우들이 이번 오디션에도 많이 참가했다고 생각했다.

그리고 미래 컨소시엄은 유명 배우보다는 작품에 어울리는 실력 있는 배우를 쓴다는 걸 사람들도 알고 있었다. 그래서 젊고 실력이 있다고 생각하는 배우들이 오디션에 많이 왔던 거였다.

"저는 이만 가볼게요. 회사 들어가서 정리해야 할 일도 있고 해서요."

"그래. 그러면 이제는 촬영장에서는 볼 일이 없겠구만."

주혁도 아쉬운 감이 있었지만, 곧 미국으로 떠나야 하니 어쩔 수 없는 일이었다.

그는 다시 돌아왔을 때의 모습을 기대하면서 자리를 떠났다.

하지만 마음은 든든했다. 자신의 뒤를 이어서 대한민국을 책임질 어린 배우들이 착실하게 크고 있었으니까.

*   *   *

"로저 페이튼이 LA에?"

"그렇습니다. 그것도 어제 도착했는데, 당분간 여기에 있을 생각이라고 하더군요."

우연이라고 하기에는 시기가 너무 묘했다.

주혁은 아무래도 로저 페이튼이 자신에게 볼일이 있는 것 같다고 생각했다.

'그럼 이번에 새로운 상자를 얻게 되는 건가?'

주혁은 상대가 어떤 식으로 수작을 부릴까 생각했다. 그리고 가능하면 동전을 사용하지 않고 일이 해결되었으면 좋겠다고 생각했다.

물론 상자를 얻을 수만 있다면, 동전을 한두 개 사용하는 건 감수할 수 있었지만.

"최대한 경호를 강화하겠습니다."

주혁은 고개를 끄덕였다.

조심해서 나쁠 거야 있겠는가. 게다가 주혁은 비버리 힐즈에 있는 윌리엄 바사드의 저택에 묵고 있어서, 여기에 머물 때는 특별한 문제는 생기지 않을 것이다.

문제는 외부에서 일정을 소화할 때.

"HBO 행사에는 그가 참석하지는 않는 게 확실하고?"

"그렇습니다. 뭐, 당일이라도 억지로 참가하겠다고 하면 들어갈 수는 있겠지만, 그럴 가능성은 거의 없다고 봐야겠죠."

그 행사를 제외하고는 당분간은 일정 자체가 유동적이었다. 그러니 이 집으로 쳐들어올 게 아니라면, 분명히 그 행사 전후를 노릴 터이다.

물론 겹겹이 경호를 강화해서 틈을 찾기는 쉽지 않을 테지만.

주혁은 어떤 일이 벌어질지 흥분이 되었다.

로저 페이튼도 자신을 쉽게 생각하지는 않을 것이다. 로저 페이튼의 보스와 자웅을 겨루는 상대가 바로 자신이었으니까.

그가 보스를 두려워하는 것만큼 자신도 경계를 할 것이다.

그런데 그렇게 생각하고 보면 또 이상한 게 있었다. 그런 상황이라면 자신에게 공격을 해오지 않을 것 같았기 때문이었다.

'갑자기 왜 나를 공격하려는 거지? 나에 대한 비밀을 알아낸 것도 아니고, 특별하게 달라진 건 없는 것 같은데……'

보스는 주혁의 능력이 무엇인지를 몰라서 주저하고 있었다. 적어도 보스의 수하들에게 그런 모습으로 보였다. 그러니 그 문제가 해결되지 않고서는 자신에게 무리하게 공격을 하지는 않을 것이다.

그리고 로저 페이튼이 야망을 가지고 있기는 했지만, 보스를 대놓고 거역할 수 있을 정도는 아니었다. 그리고 그도 바보가 아닌 이상에는 주혁을 상대하는 건 쉽지 않으리라는 걸 잘 알고 있을 테고.

'뭐, 무슨 생각을 가지고 있는지 지켜보면 알 수 있겠지.'

주혁은 내일 있을 행사를 떠올리려 했지만, 상자가 자꾸 머리에 떠올라서 그럴 수가 없었다.

의문이 꼬리에 꼬리를 물고 떠올랐다.

'상자를 얻는다고 했으니까, 로저 페이튼이 이곳에 상자를 가지고 왔다는 건가? 그런데 상자를 이렇게 가지고 돌아다니지는 않을 것 같은데?'

아무리 상상을 해봐도 모르는 것이 너무 많았다.

그리고 요즘 들어서 기억을 보는 능력이 생긴 이후로는 상상력이 더욱 빈약해진 느낌이 들었다. 무언가를 상상하고 이야기를 만들어볼 이유가 없었으니까.

지금만 해도 로저 페이튼에게 가까이 가서 그의 기억을 보면 모든 문제가 해결된다고 생각하고 있었다.

주혁은 머리를 흔들고는 이래서는 안 된다고 생각했다. 능력에 너무 의존하니 자꾸만 편한 것만 찾게 되어서였다.

물론 굉장히 유용하고 좋은 능력이다. 하지만 거기에만 자꾸 의지하다 보니 머리를 쓰지 않게 되는 것 같았다. 그래서 무언가를 고민한다거나 상상하는 힘이 현저하게 약해진 걸 느낄 수 있었다.

주혁은 앞으로는 꼭 필요할 때를 제외하고는 이 능력이 없다고 생각하고 생활해야겠다고 마음먹었다.

주혁은 윌리엄 바사드와의 대화를 마치고는 테라스로 나가서 하늘을 보면서 여러 생각을 떠올렸다. 어두운 밤하늘에 반짝이는 별들을 보다 보니 온갖 상념이 떠올랐다.

오래전에 배웠던 별자리도 떠올랐고, 어렸을 때 좋아했던 UFO도 생각났다. 생각을 해보니 이렇게 하늘을 쳐다본 게 언제인지 알 수 없었다. 그동안은 땅바닥만 쳐다보고 살아온 느낌이었다.

"하늘에 별이 저렇게 많았구나."

주혁은 가끔은 하늘도 바라보면서 살아야겠다고 생각했다. 환한 달빛과 쏟아질 것 같은 별들이 하늘에 있다는 것 정도는 종종 눈에 담으면서 살 정도의 여유는 가져도 좋지 않겠는가.

*   *   *

"피터어~"

"오, 미스터 강."

주혁은 피터를 보고는 곧바로 달려갔다. 몰타에서 보고는 상당히 오랜만이었다.

둘은 서로 연기 이야기를 하면서 시간 가는 줄 모르고 대화에 빠져들었다.

피터의 연기는 사람을 매혹시키는 힘이 있었다.

주혁도 그런 연기는 피터보다 잘할 수 있다고 생각하지 않았다. 흉내는 낼 수 있겠지만, 피터의 연기에는 진정성이 있었다. 그 진정성은 다른 사람은 흉내 낼 수 없는 그런 종류였다.

둘이 이야기를 하는데, 리리아 카르타가 다가와서 대화에 끼어들었다. 그리고 잠시 후에는 아역 배우들이 다가와서는 같이 웃고 떠들기 시작했다.

피터와 둘이 이야기를 할 때와는 달리 이야기가 산만해졌다.

아이들은 장난을 치느라 여념이 없었다. 이야기를 하다가도 이내 이런저런 말들이 툭툭 튀어나와서 어떤 걸 가지고 대화를 했는지 헷갈릴 지경이었다.

하지만 주혁은 이런 왁자지껄한 분위기도 나쁘지 않다고 생각했다.

문제는 혹시라도 로저 페이튼이 수작을 부리지는 않을까 하는 거였다.

그래서 대화를 하면서도 주변을 세심하게 살폈다.

하지만 시즌 2의 이야기와 경영진으로부터 감사하다는 말도 들었지만, 행사가 끝나갈 때까지 아무런 움직임도 없었다.

신경이 분산되어서인지 대화에 집중하지도 못한 듯했고, 시간도 훨씬 빠르게 흘렀다는 느낌이었다.

주혁은 사람들과 아쉬운 작별을 고했다. 하지만 몇 명과는 따로 만나기로 해서 그리 섭섭하지는 않았다.

워낙 신경을 곤두세우고 주변을 살피느라 이야기를 제대로 하지 못한 기분이 들었는데, 잘되었다고 생각했다. 피터와 리리아 카르타를 보기로 했는데, 배우와 제작진에서도 괜찮으면 자신도 참석하고 싶다는 이야기를 해서 몇 명을 더 초대하기로 했다.

피터와 리리아 카르타만 볼 때는 레스토랑에서 할까도 생각했었지만, 인원이 늘어나서 윌리엄 바사드의 저택에서 가볍게 파티를 열 생각이었다. 그렇게 일정을 마무리하고 차를 타고 윌리엄 바사드의 저택으로 돌아갔다.

그런데 거의 도착할 때가 거의 다 되는 지점에서 문제가 생겼다.

앞쪽에 차가 길을 가로막고 있었는데, 그 주변으로 여러 명의 남자들이 포진하고 있는 게 보였다.

"뚫고 갈까요?"

경호를 맡은 사람이 이야기했다.

그는 방탄 차량에 길이 완전히 막힌 것도 아니니 충분히 돌파할 수 있다고 말했다.

주혁은 다소 이상하다는 생각이 들었다. 함정이라고 하기에는 너무 허술해 보였기 때문이었다.

하지만 보이지 않는 다른 함정이 있을 수도 있으니 신중하게 생각했다.

그래서 경호 책임자의 말대로 하라고 대답하려고 했다.

로저 페이튼이 차에서 내려서 주혁이 타고 있는 차량으로 다가오는 걸 발견하기 전까지는.

"잠깐. 차를 잠깐 세웁시다."

로저 페이튼은 주변을 경계하면서 혼자서 주혁이 타고 있는 차량으로 걸어왔다.

그가 데리고 온 사람들은 멀리 멈추어 있는 차량 부근에 있었다.

로저 페이튼은 그들보다는 오히려 주혁과의 거리가 훨씬 가까웠다.

주혁은 상대가 어떻게 나오는가를 보기로 했다.

주혁이 탄 차는 서서히 속도를 늦추다가 멈추었고, 로저 페이튼은 천천히 차를 향해 걸어왔다. 그리고 주혁의 차량 옆에 와서는 창문을 두들겼다.

스으윽 하는 매끈한 소리와 함께 짙게 코팅이 된 창문이 내려갔다.

로저 페이튼은 별다른 표정 없이 말을 툭 던졌다.

"오랜만이군요. 잠시 산책이라도 하지 않겠습니까?"

그런 말이 어울릴 법한 사이도 아니었고, 장소도 아니었지만, 주혁은 어찌 나오는지 볼 생각으로 차에서 내렸다.

*   *   *

천천히 차에서 내리는 주혁의 표정에는 약간의 혼란스러움이 보이고 있었다. 지금 상황은 그가 예상을 한 범위 안에 있는 건 아니었다. 로저 페이튼이 자신에게 위해를 가하기 위해서 무언가를 꾸미고 있다고 생각했으니까.

그래서 무언가 일이 벌어지리라 생각하고는 긴장을 했는데, 로저 페이튼은 무방비 상태로 혼자 다가왔다.

그리고 갑자기 산책이라니.

액션 영화를 기대하고 영화관에 앉았는데, 멜로 영화가 나오는 느낌이었다.

하지만 피할 이유는 없었다. 감색 양복을 입은 주혁은 천천히 차에서 내렸고, 로저 페이튼은 그런 주혁에게 차가 온 방향을 손으로 가리켰다. 그리고 먼저 걸음을 옮겼다.

길 건너편에는 저택이 있었지만, 둘이 걷고 있는 방향에는 잎이 큼지막한 나무들만 우두커니 서 있었다.

둘은 잠시 말없이 걸었다.

사위가 모두 적막해서 아스팔트와 구두가 만나는 소리만이 귓가에 들렸다.

다행인 점은 해는 이미 떨어졌지만, 저택에서 나오는 불빛에 있어서 어둡지는 않았다는 거였다.

"세상일은 참 어려운 것 같습니다. 어떤 게 정답인지 알 수가 없거든요. 전에는 틀렸다고 생각한 답이 나중에는 정답이 되는 경우도 있고 말이죠."

둘 사이에 흐르던 침묵은 로저 페이튼의 말이 흘러나오면서 깨졌다.

하지만 아직은 어떤 이야기를 하려는 건지 알 수 없었다. 아니, 짐작이 가는 바가 있기는 했지만, 설마 하는 생각이었다.

주혁은 일단 가볍게 말을 받았다.

"그렇긴 하지요. 그 정답도 계속 정답이라는 법은 없지만 말입니다."

주혁의 대답을 들은 로저 페이튼은 슬며시 웃었다. 하지만 그의 입가에 보이는 건 유쾌함이나 즐거움보다는 쓸쓸함이라고 해야 맞을 듯했다.

주혁은 당장에라도 로저 페이튼의 기억을 보고 싶다는 충동에 사로잡혔다.

하지만 그는 그런 생각을 꾹 눌렀다. 이 능력에 너무 의존하다 보니 도무지 생각을 하지 않게 된 것 같아서였다.

편리한 능력이라고 해서 반드시 좋은 점만 있는 것은 아니다. 오히려 자신에게 해가 되는 점이 더 큰 것 같았다.

주혁은 문득 자신의 능력이 리모컨과 비슷하다는 생각이 들었다.

언젠가 현대인에게 비만이 많아진 이유 중에 리모컨이 있다는 걸 본 적이 있었다.

예전에는 채널을 바꾸려면 직접 가서 돌려야 했는데, 리모컨이 나온 이후로는 소파에서 전혀 움직이지 않게 되어서 그렇다는 거였다.

제법 그럴싸한 이야기였다. 그리고 공감이 되기도 했다.

'편리한 게 항상 좋은 것만은 아니지.'

주혁이 그런 생각을 하는 동안 로저 페이튼은 잠시 머뭇거리다가 다시 입을 열었다.

주혁은 그의 표정이나 행동을 유심히 살폈다. 지금 그가 하는 말이 어떤 의미와 감정을 담고 있는지를 느끼기 위해서였다.

그가 내뱉은 단어를 듣지 않더라도 그런 걸 알 수 있다. 사람의 표정이나 행동은 보통 사람들이 생각하는 것보다 많은 것을 이야기해 주니까.

그런 사실은 누구보다도 배우인 주혁 자신이 잘 알고 있었다. 그래서 연기 공부를 하면서 사람들을 유심히 관찰하지 않았던가.

좋은 배우는 어떤 감정을 전달하기 전에 상대에게 이미 준비를 시켜놓는다.

슬픈 연기를 할 때는 이미 관객들을 감정적으로 북받치게 만든다. 얼굴의 표정과 느낌. 그리고 가느다란 흐느낌이나 잘게 떨리는 어깨의 들썩임 같은 것으로.

관객은 그런 걸 통해서 이미 울 준비를 마치는 것이다.

그렇게 감정을 미리 쌓아놓지 않으면 관객의 눈에서 눈물을 뽑아낼 수 없다.

그래서 주혁도 사람들의 행동이나 표정을 관찰하는 걸 게을리하지 않았었다.

하지만 최근 들어서는 그런 것에 소홀해졌었다.

촬영을 하느라 바쁜 것도 있었고, 이제는 연기가 좀 된다는 자신감도 그런 걸 부추겼다.

게다가 기억을 볼 수 있는 능력까지 생기니 항상 관찰하던 습관이 더욱 무뎌졌던 것이다.

그래서 지금부터라도 다시 예전으로 돌아가야겠다고 마음먹었다.

"영원한 친구도 없고, 영원한 적도 없다고들 하더군요."

주혁의 미간이 살짝 찌푸려졌다. 산책을 하자고 할 때 언뜻 생각을 했지만, 정말로 이런 이야기를 할지는 몰랐기 때문이었다.

지금 로저 페이튼은 자신의 보스를 배신하고 주혁과 손을 잡고 싶다는 이야기를 하고 있었다.

'무슨 생각이지? 꿍꿍이가 있는 건가?'

쉽사리 믿을 수는 없는 일이었다. 로저 페이튼은 보스의 심복 중의 심복. 지금까지 자신의 목숨을 노리던 자들이다. 그런데 갑자기 자신에게 손을 내민다?

물론 무슨 사연이 있을 수도 있다. 그리고 로저 페이튼의 행동이나 표정은 무언가 이유가 있어 보였다.

하지만 그건 당연한 거였다. 만약에 상대를 속이려고 하는 거라면 당연히 이렇게 보여야 할 테니까.

주혁은 그의 기억을 들여다보려다가 멈추었다. 기억을 보는 건 어렵지 않았다. 그러니 조금 더 이야기를 들어보고 판단을 해보려는 거였다. 그를 관찰하고 판단을 한 후에 기억을 확인할 작정이었다.

"하지만 관계라는 게 그렇게 간단하지만은 않지요. 적어도 기본적인 신뢰는 있어야 관계가 이루어지는 것 아니겠습니까."

"물론 그렇습니다. 그래서 이렇게 급하게 자리를 마련한 것 아니겠습니까."

로저 페이튼은 둘의 사이가 무척 껄끄러운 사이라는 걸 안다고 말했다. 그리고 특별히 신뢰 같은 게 쌓일 만한 그런 사이가 아니라는 것도 인정했다.

그런데 그는 이야기를 하면서 상당히 불안한 듯 눈동자를 이리저리 굴렸다.

그리고 잠시 망설이다가 입을 열었다.

"보스가 나의 상자를 빼앗으려 하고 있습니다."

"아!"

주혁의 입에서 낮은 탄성이 저절로 튀어나왔다. 그가 어떤 마음인지 대번에 이해가 되었기 때문이었다.

그런 이유라면 로저 페이튼이 이렇게 행동하는 게 이해가 되었다. 로저 페이튼에게 있어서 상자는 목숨만큼 귀한 것일 수 있었으니까.

게다가 그는 틈만 나면 보스의 상자를 차지할 야망을 숨기고 있었다.

그런데 상자를 빼앗긴다?

그건 상상하기도 싫은 일일 것이다.

'만약에 야망이 없는 자였다면 오히려 의심이 들었을 거야.'

주혁은 그가 보스를 두려워하면서도 언젠가는 자신이 보스의 상자까지 독차지하겠다는 야망을 가지고 있다는 걸 알고 있어서, 이렇게 자신을 찾아온 것을 납득할 수 있었다. 야망이 클수록 포기하기도 어려운 법이니까.

하지만 의문이 모두 사라진 건 아니었다.

그동안은 가만히 내버려 두다가 왜 지금 상자를 빼앗으려 하는지 이해가 되지 않았다. 분명히 반발이 클 것이라는 걸 뻔히 알면서 말이다.

하지만 그의 말을 들어보니 어느 정도 이해가 되었다.

"보스는 지금까지는 유리한 위치에 있다고 생각하고 있었습니다. 하지만 이제는 그 생각이 바뀌었죠. 전세가 역전될지도 모른다는 불안감에 휩싸여 있습니다."

주혁은 고개를 끄덕였다.

일리가 있는 말이었다.

아마 보스는 자신보다 훨씬 먼저 두 번째 레벨에 접어들었을 것이다. 그래서 자신은 상자를 획득한 지 얼마 되지 않았으니 큰 문제가 되지 않는다고 여겼을 터.

그래서 지금까지는 무조건 안전한 방법으로 자신을 상대하려고 했다. 대부분 수하들을 시켜서 자신의 능력이 무엇인지를 알아내려고 했다. 하지만 시도는 모두 실패했고, 자신은 점점 강해졌다. 그리고 그 사실을 보스도 알고 있을 것이다.

'오드아이나 셰도우를 물리친 걸 보고는 자신과 같은 레벨이라는 걸 알았겠지.'

그리고 햄튼의 저택을 감시하고 있는 걸 눈치를 챘을 수도 있었다. 점점 자신의 목을 조여오니 지금까지와는 다른 방법을 시도하려는 거였다.

주혁은 만약 자신이라면 어떻게 했을까 생각해 보았다.

자신 같아도 상자를 하나 더 가질 것 같았다. 상자를 가지게 되면 그만큼 능력을 빨리 키울 수 있을 테니까.

사실 여기에는 주혁이 잘 모르는 사실이 하나 있었다.

보스는 세 개의 상자를 가진 적이 있었다.

하지만 보스는 세 개의 상자에서 나오는 기운을 감당할 준비가 되어 있지 않았다.

그래서 몸에 심각한 이상이 생겼고, 어쩔 수 없이 상자를 하나 나눈 거였다.

그런 일이 없었다면, 절대로 로저 페이튼에게 상자를 주지 않았을 것이다.

그리고 그 이후로는 다른 상자를 찾는 데 주력했다. 어차피 로저 페이튼이 가지고 있는 상자는 자신의 것이나 다름없다고 생각했으니까.

언제나 손만 뻗으면 가져올 수 있는 그런 물건.

하지만 이제는 상황이 달라졌다.

애송이라고 여기고 어떻게 요리할까 고민 중이던 주혁이 어느새 자신을 위협할 만큼 강해진 것이다.

그러니 이제는 여유를 부리고 있을 때가 아니었다.

게다가 이제는 그동안의 수련으로 경지도 제법 높아졌다. 그래서 상자 세 개를 감당할 수 있으리라 생각하고는 다시 회수할 것을 결정했던 거였다.

그리고 로저 페이튼의 상자를 회수하는 건 다른 의미도 있었다.

자신의 능력을 강화한다는 것도 있었지만, 상대가 강해질 수 있는 기회를 차단한다는 의미도 있는 것이다.

그러니 보스가 상자를 자신의 수중에 넣으려고 하는 것은 어찌 보면 당연한 일이었다.

하지만 보스 입장에서는 회수였지만, 로저 페이튼의 입장에서는 강탈이었다.

"보스는 누굽니까? 햄튼에 있는 저택에 지금 있습니까?"

"미안합니다. 그걸 이야기할 수는 없습니다. 그걸 이야기하면 보스가 알아채니까요."

주혁은 무슨 말인지 몰랐는데, 그것이 보스의 능력 중 하나인 모양이었다.

특정한 일에 대해서 발설을 하게 되면 보스가 알게 된다는 거였다. 이것도 로저 페이튼이 직접 이야기한 건 아니었다.

그가 어색한 표정을 보이자 주혁이 질문을 던졌고, 로저 페이튼은 고갯짓으로 자신의 의사를 대신했다. 그래서 스무고개를 하듯 질문을 던져서 보스가 그런 능력을 가지고 있다는 걸 알 수 있었다.

주혁은 보스의 정체에 관해서도 질문을 던졌다.

하지만 로저 페이튼은 손을 들어서 더 이상 이야기하는 걸 막았다.

"여기까지 하죠. 이 이상은 표현하는 것만으로도 위험할 수 있으니까요."

주혁은 잠시 생각에 잠겼다. 지금 상황을 정리해야 할 필요가 있었기 때문이었다.

'그러니까 보스는 상대가 특정한 부분을 발설하면 거리에 상관없이 곧바로 알 수 있다. 덜 중요한 건 의사 표현을 할 수 있을 정도는 되는 것이고, 자신의 정체와 같은 중요한 건 아예 의사 표현만 해도 곧바로 알 수 있다는 건데……'

무언가 위화감이 들었다. 어떤 메커니즘으로 그런 능력이 구현되는 것인지 알 수 없으니 쉽사리 납득을 할 수 없었다. 솔직히 음모를 꾸미기 위해서 무언가를 지어내고 있다는 느낌이 더 강했다.

보통 그런 경우가 많지 않은가. 어떤 일을 판단할 때, 자꾸 추가 설명이 필요하고 얘기를 들어도 점점 상황이 복잡하게 얽힐 때가 있다.

그럴 때는 누가 무언가를 숨기고 있거나 중요한 걸 이야기 하지 않았을 때가 많다.

그래서 주혁은 슬슬 맞장구를 치면서도 로저 페이튼을 의심했다.

하지만 워낙 기괴한 일이라서 그런지 의심이 가기는 했지만, 결정적인 문제점을 찾을 수는 없었다.

"이제 슬슬 돌아가면서 우리의 미래에 관해서 이야기를 나누도록 하지요."

주혁은 그렇게 하자고 대답하고는 로저 페이튼의 기억을 살폈다. 더 이상 이야기를 나누어봐야 알아낼 수 있는 건 없을 듯싶어서였다.

그래서 기억을 확인하고 앞으로 대처를 어떻게 할지 결정하고자 했다.

주혁이 능력을 사용하자 주변의 시간이 멈추었다.

로저 페이튼은 발걸음을 내디디려는 포즈로 석상처럼 멈추어 있었고, 귓가에 들리던 바람 소리까지 공중에 멈추어 있는 듯했다.

주혁의 눈에서 나온 찬란한 빛은 로저 페이튼의 머리를 감쌌다.

능력이 강화되어서인지 전보다는 쉽게 기억에 접근할 수 있었다.

그리고 전에는 볼 수 없었던 것까지 알 수 있었다.

어떤 기운에 의해서 보호되고 있는 덩어리들이 있었던 것이다. 주혁은 그것이 무엇인지 곧바로 알 수 있었다.

'잠긴 기억들이 있다.'

로저 페이튼의 것이 아닌 다른 자의 힘이었다. 상자의 능력을 가진 자의 힘.

당연히 보스의 힘이다.

기억 중에서 보스의 힘에 의해서 보호되고 있는 기억들이 있었는데, 그건 전에는 보지 못했던 그런 것들이었다.

'그때는 이런 것들이 보이지 않았어. 보스의 능력이 나보다 높았다는 거겠지?

주혁은 얼마 전까지만 해도 보스가 자신보다 우위에 있었음을 알 수 있었다.

주혁은 잠긴 기억들을 살살 건드려 보았는데, 방어가 무척이나 단단했다.

이것에 문제가 생기면 보스가 알 수도 있어서 주혁은 기억을 보려던 시도를 그만두었다.

'기억뿐만 아니라 생각도 이런 식으로 관리를 하는 건가?'

이런 식으로 컨트롤을 할 수 있다면, 아까 한 이야기가 불가능한 건 아니라는 생각이 들었다.

주혁은 볼 수 있는 기억들을 재빨리 살폈다. 그리고 로저페이튼이 한 이야기가 대부분 사실이라는 걸 확인할 수 있었다.

보스와 관련된 기억은 볼 수 없었지만, 실수로 하지 말아야 할 말을 내뱉었다가 곤욕을 치른 기억을 볼 수 있었다.

그리고 다른 기억에서도 그것과 관련된 걸 볼 수 있었다. 그리고 상자와 관련된 내용도 볼 수 있었다.

상자에 대한 집착이 강해서인지 쉽지는 않았지만, 그가 가지고 있는 상자의 위치와 들어가는 방법을 알아낼 수 있었다. 그리고 상자를 빼앗길까 걱정하는 모습까지 적나라하게 볼수 있었다.

게다가 그는 예전에 보스를 배신한 적도 한 번 있었다. 상자를 차지하기 위해서 사람들을 시켜서 일을 꾸민 적이 있었는데, 세도우에게 걸려서 실패했다.

계획이 실패로 돌아가자 그는 관련자들을 모두 죽여서 없앴다. 오드아이가 와서 그들의 기억을 보면 안 되기 때문이었다.

'일단은 오늘 이야기한 것이 사실이라고 보아도 되겠어.'

주혁은 이것이 좋은 기회일 수도 있다는 생각이 들었다. 로저 페이튼이 보스를 배신할 만한 이유가 분명했으니까.

주혁은 능력을 사용하는 걸 멈추고는 대화를 다시 이어갔다.

"이야기하는 게 자유롭지 않은 것 같은데 어떤 식으로 일을 진행할 겁니까?"

"보스가 가장 중요하게 생각하는 건 자신의 신변에 관한 겁니다. 부하들이 배신하는 건 그다지 신경을 쓰지 않지요."

로저 페이튼은 무언가 방법이 있다는 듯 묘한 미소를 지었다.

*　　　*　　　*

로저 페이튼은 이미 보스를 칠 준비를 하고 있다고 이야기했다.

주혁은 살짝 놀라는 흉내를 내기는 했지만, 전혀 예상치 못한 건 아니었다. 그의 기억을 보지 못했다면 놀랄 수도 있었겠지만, 주혁이 본 로저 페이튼은 그럴 만한 인물이었다.

"그런 이야기는 해도 되는가 봅니다?"

"이야기하지 않았습니까. 보스가 신경을 쓰는 건 자신의 정체와 관련된 것밖에는 없습니다. 배신 같은 건 신경 쓰지 않죠."

당연하다는 듯 이야기했지만, 사실은 저 말이 더 무서운 것일 수도 있었다.

보스는 조심성이 많은 성격이라고 생각되었다. 그가 지금까지 보여준 것들이나 심복들의 기억을 살펴보면 그랬다.

그런데 심복의 배신을 신경 쓰지 않는다?

절대로 그럴 리가 없다. 그들이 모르는 다른 방식으로 감시를 하고 있거나, 아니면 어떤 방법으로도 자신을 어찌할 수 없다는 자신감이 있어서 그럴 것이다.

주혁은 감시보다는 무언가 방비를 할 수 있는 그런 능력이 있다고 보았다.

'상자의 능력 중 하나인가?'

어떤 능력인지는 모르겠지만, 로저 페이튼과 같은 자들이 어찌할 수 없다는 자신감을 가지고 있는 것만은 분명해 보였다.

로저 페이튼 역시 그 점을 우려했다. 그래서 자신이 주변은 정리를 할 테니 보스를 맡아달라고 이야기했다.

　"그러니까 당신이 나머지는 맡을 테니, 나보고 보스를 상대하라 이거군요."

　"맞습니다. 잘 알겠지만, 보스는 평범한 자가 아닙니다. 오드아이 같은 녀석들은 충분히 상대를 할 수 있지만, 보스는……."

　이미 쓴맛을 본 적이 있는 그로서는 보스를 상대하는 게 얼마나 어려운 것인가를 잘 알고 있었다. 그래서 그동안 생각은 있었지만, 움직일 수가 없었던 것이다.

　보스를 상대할 방법이 없었으니까.

　하지만 상황은 그로 하여금 발상의 전환을 하게 만들었다. 상자를 빼앗기게 생기니 온갖 생각을 다 하게 된 거였다.

　그리고 보스를 상대할 수 있는 건 딱 한 명밖에 없다는 사실을 깨달았다.

　그렇다면 답은 하나다.

　주혁과 손을 잡는 것. 그것 외에는 방법이 없었다.

　주혁도 그런 로저 페이튼의 생각을 짐작할 수 있었다.

　하지만 보스를 제거하고 전리품을 똑같이 나누자는 말을 들었을 때는 믿을 수 없었지만, 그런 생각을 한다는 표정은 숨겨야 했다.

"똑같이라… 좋은 이야기이기는 한데, 현실적으로 가능할까요?"

"방법이야 많습니다. 일단 보스를 제거하고 나면 그 후야 뭐가 어렵겠습니까."

사실 똑같이 나눈다는 건 주관적인 개념이다. 한 사람은 똑같이 나누었다고 생각해도 다른 사람은 그렇게 생각하지 않을 수 있으니까.

그래서 로저 페이튼은 그가 생각하는 방법을 들려주었다.

"모든 재산의 목록을 놓고 한 사람이 똑같이 둘로 나누는 겁니다. 그리고 다른 사람이 둘 중 하나를 먼저 선택하는 거죠. 그럼 불만이 없을 겁니다."

재미있는 방식이었다. 나누는 사람도, 먼저 선택하는 사람도 불만이 있을 수 없는 그런 방법이 아닌가.

하지만 문제는 결국 상자다.

상자를 어떻게 하느냐가 핵심이지, 재산은 문제가 되지 않았다.

'보스를 해치우고 나서 이자가 쉽게 상자를 넘기려고 할까?'

주혁은 아무리 생각해 봐도 상자를 나누어 가지려고 할 것 같지 않았다.

그의 욕망은 결코 작은 게 아니었다.

지금이야 급하니 어떻게든 살아남으면서 이익을 취하려고 할 수도 있겠지만, 분명히 그때가 되면 생각이 바뀔 것이다.

하지만 그의 제안은 분명히 매력적이긴 했다. 자신 혼자 보스를 상대하는 것보다는 이자와 함께 하는 게 훨씬 손쉬울 테니까.

게다가 보스가 어려운 상대이지 이자는 그렇지 않다.

그러니 자신에게 무조건 이득이 되는 일이다.

물론 로저 페이튼도 똑같은 생각을 하고 있을 것이다. 보스가 가장 두려운 상대. 그러니 보스를 제거하고 나면 주혁은 어떻게든 상대를 할 수 있으리라 생각하고 있을 것이다.

'동상이몽. 하지만 나에게는 나쁘지 않은 제안이야.'

주혁은 제안을 일단 받아들이기로 했다. 자신에게는 손해 볼 일 없는 제안이었으니까.

한 가지 걸리는 건 올해는 보스와 충돌하는 걸 피하라고 한 알란의 충고였다.

"그런 조건이라면 한번 해볼 만하군요. 그런데 어떤 식으로 진행할 겁니까? 시기나 장소는? 그리고 보스를 상대할 방법은?"

"워, 워. 너무 자세한 이야기를 알려고 하시는군요. 지금 알려줄 수 있는 건 시기 정돕니다."

로저 페이튼은 내년 초에 있을 신년 행사에서 일을 벌일 거라고 이야기했다. 매년 신년 행사는 자신이 장소를 정해서 행사를 주관해 왔으니 올해도 그렇게 될 거라면서.

주혁은 고개를 끄덕였다.

'그렇다면 알란의 충고에 어긋나는 것도 아니네. 올해 안에 일을 벌이는 건 아니었으니까.'

로저 페이튼은 자세한 내용은 신년 행사 직전에 알려주겠다고 했다. 그리고 주혁에게 부탁이 있다고 했다.

"적당히 공세를 취해달라?"

"그렇습니다. 상자를 계속해서 가지고 있어야 하는 이유가 있어야 하니까요. 그리고 용병을 계속해서 모으는 이유도 있어야 하고요. 보스는 대충 넘어갈 사람이 아닙니다."

그는 윌리엄 바사드로 하여금 자신을 공격하게 해달라고 말했다. 그리고 올해 말에 승부를 던질 것이니 적당히 손해를 봐달라는 말도 함께.

"흠…….."

그럴듯한 방법이기는 했다.

로저 페이튼은 윌리엄 바사드와의 전쟁이 심해지고 있어서 더는 버틸 수가 없다.

그래서 상자를 사용해서 반전을 노리겠다고 주장할 셈이었다.

그 정도가 되려면, 실제로 로저 페이튼이 궁지에 몰려야 했다.

그래서 윌리엄 바사드가 자금 시장에서도 공격을 하고, 직접 로저 페이튼의 목숨을 노리기도 했으면 좋겠다는 거였다.

하기야 상자를 가지고 있으려면, 그 정도 명분은 있어야 할 것 같았다.

그래도 보스의 돈줄은 로저 페이튼이다.

로저 페이튼이 무너지는 일이 있으면 보스도 곤란할 터. 계속 가지고 있겠다는 것도 아니고 반전의 계기가 마련될 때까지.

대략 반년 정도만 상자를 더 가지고 있겠다고 하면 허락할 수밖에 없을 것이다.

"좋습니다. 그렇게 하죠. 연락은 둘이 직접 하는 편이 좋을까요? 아니면 누군가를 통해서?"

"둘이 직접 이야기를 나누는 건 위험합니다. 내부에 적이 있을 수 있다는 걸 항상 염두에 두어야 하니까요."

결국, 주혁이 두 사람의 다리 역할을 하기로 했다. 그렇게 해서 후환거리를 제거할 수만 있다면 그 정도 수고는 얼마든지 할 수 있었다.

그리고 주혁은 만약 그렇게 일이 진행되면, 거기에서 모든 일이 마무리될 것이라고 생각했다.

'상자를 똑같이 나누는 건 있을 수도 없는 일이지. 결국은

살아남은 사람들끼리 2차전을 할 거야.'

누가 살아남든, 결국 한 명이 상자를 독차지하게 될 것이다. 지금 로저 페이튼의 표정을 보니 어느 정도 그런 기대를 하고 있는 듯했다.

당연한 일이다. 그런 욕망이 없었다면, 여기에 와서 이런 제안을 하지도 않았을 테니까.

그리고 로저 페이튼도 뻔히 알 것이다. 보스를 제거하고는 사이좋게 재산을 나누는 일 따위는 없을 거라는 걸. 당장 닥친 위기부터 넘겨야 해서 주혁과 손을 잡고 보스를 치는 것이지만, 결국에는 둘 사이에도 승자를 가릴 시간이 올 거라는 사실을.

하지만 지금은 웃으면서 서로의 손을 잡았다. 적어도 같은 목표를 가지고 있는 동안에는 친구로 지낼 수 있을 것이다.

"이런 자리에서는 건배를 해야 하는데, 조금 아쉽군요."

로저 페이튼은 웃으면서 말했고, 주혁도 같이 웃으면서 답했다.

"건배는 일이 끝나고 해도 늦지 않는 법이죠."

둘은 짧은 만남을 뒤로하고 각자의 길로 흩어졌다.

주혁은 차에 탔는데, 경호를 하는 사람들은 만난 사람이 누구인지 궁금해하지도 않는 눈치였다. 그런 건 자신의 소관이 아니라는 듯이.

사실 경호 업무를 하는 사람이라면, 당연히 상대가 누구인지 알아두려 할 것이다.

하지만 주혁은 조금 특별한 대상이었다.

경호를 하는 자들은 모두 주혁의 일에 대해서는 알려고 하지도 말고, 상관하지도 말라는 명령을 받은 상태였다.

주혁은 차에 타고는 멀어져 가는 로저 페이튼의 뒷모습을 바라보았다. 불빛에 따라서 땅바닥에 있는 그의 그림자가 길어졌다가 짧아졌다가를 반복했다.

"갑시다. 잠깐 사이에 많이 어두워졌군요."

주혁의 말대로 주변에는 처음에 왔을 때보다 더 짙은 어둠이 내려앉아 있는 듯했다. 그것이 기분 탓인지, 아니면 앞에 있는 저택의 불이 꺼져서 그런 것인지는 확실치 않았지만.

*   *   *

"왜 이렇게 눈에 들어오는 게 없지?"

주혁은 시나리오를 던졌다. 도무지 성에 차는 작품이 없었다. 할리우드라고 해서 굉장한 시나리오들이 넘쳐 나는 곳인 줄 알았는데, 전혀 그렇지 않았다. 오히려 시나리오만 보자면 한국에서 보내온 것들이 더 좋았다.

한국의 시나리오가 자신의 감성에 맞아서 그런 것일 수도 있겠지만, 할리우드 블록버스터 영화는 자본의 힘으로 영화를 찍는 것 같다는 느낌이 강하게 들었다.

"차라리 범죄와의 전쟁 같은 걸 각색해서 할리우드 스타일로 찍는 게 훨씬 재미있겠다."

자신 본 시나리오 중에서는 범죄와의 전쟁이라는 시나리오가 가장 인상 깊었다.

혹하는 면도 있었다. 캐릭터도 매력적이었고, 내용도 흥미로웠으니까.

하지만 자신이 별다른 반응을 보이지 않자 이미 주연을 확정하고 촬영에 들어갔다고 했다.

그 작품은 미국을 배경으로 해서 각색을 해도 충분히 흥미로운 갱스터 영화가 나올 수 있을 것 같았다. 대부나 원스 어폰 어 타임 인 아메리카와 같은 걸작과는 비교를 할 수 없을지 몰라도, 무척 괜찮은 작품이 말이다.

주혁은 기지개를 크게 켜고는 자리에서 일어났다. 아직 보지 못한 작품들이 있었지만, 일단 머리를 좀 식혀야 할 것 같았기 때문이었다.

그는 건물 밖으로 나갔는데, 거기에는 넓은 잔디밭과 정원이 뜨거운 태양 아래 펼쳐져 있었다.

"컹!"

주혁을 본 미래가 엄청난 속도로 뛰어왔다.

미래가 털을 휘날리며 달려오는 걸 본 경호원들이 움찔거렸다. 그들은 대형 맹견이 얼마나 위험한지 알고 있었기 때문이었다.

미국이나 중남미에는 집에서 맹견을 많이 키운다.

주혁은 얼마 전에 맹견이 총을 든 강도 둘과 싸워서 강도와 개 모두 죽었다는 기사를 본 적이 있었다.

그렇게 대형 맹견은 위험한 존재다.

그런데 미래는 대형견 중에서도 큰 편이었다. 뒷발을 들고 세우면 주혁하고 키가 비슷했다. 몸무게는 재보지는 않았지만, 최소한 70kg은 나갈 듯했다. 그래서 달려오는 걸 보면 꼭 말이 뛰어오는 느낌이 들었다.

그리고 덩치뿐이 아니었다. 운동 신경도 엄청나게 발달해 있었다.

이 집에는 카네 코르소라는 맹견이 두 마리 있다. 보통 케인 코르소라고 알려진 개인데 아주 탄탄한 근육질의 몸을 가지고 있었다. 마피아 개라고도 알려진 맹견인데, 처음 미래를 데려왔을 때 미래를 보더니 경계를 했다.

주혁은 혹시나 무슨 일이 생길까 싶어서 미래를 안에다 두려고 했다.

그런데 그럴 필요가 없어졌다. 잠시 서로 냄새를 맡더니 이내 친해졌는지 장난을 치기 시작했다.

그런데 그 힘 좋고 사납다던 카네 코르소가 전혀 힘을 쓰지 못하는 거였다.

미래가 워낙 덩치가 커서 그러기도 했지만, 움직임과 파워에서도 모두 미래가 좋아 보였다. 둘이 함께 덤벼도 상대가 되지 못했다.

그래서 지금은 미래가 가면 슬그머니 피했다. 서열이 확실하게 정리가 된 것이다.

그리고 이곳의 경호원들은 그런 광경을 모두 보았다.

카네 코르소도 꼼짝하지 못하는 거대한 개. 비록 온순하고 사람을 좋아한다고는 하지만 동물은 언제 돌변할지 모르는 것 아닌가.

그래서 거대한 덩치의 미래가 무서운 속도로 달려올 때면 자신도 모르게 움찔거리는 것이다.

"어이고, 이 녀석아. 그렇게 덤벼들면 어떻게 해?"

미래는 주혁을 향해 달려들었는데, 주혁은 무게 중심을 낮추고 자세를 잡고서야 겨우 넘어지지 않을 수 있었다.

미래는 주혁의 얼굴을 쓱쓱 몇 번 핥더니 다시 정원으로 뛰어 나갔다. 좁은 집에 있다가 넓은 곳에 오니 신이 난 것이다.

마음껏 뛰노는 모습을 보니 조금 미안하기도 했다. 그래서 이번에 한국으로 돌아가면 조금 넓은 집을 사야겠다고 생각했다.

주혁은 안에 들어가서 공을 가지고 왔다. 공놀이는 미래가 가장 좋아하는 놀이였다.

한국에서는 집의 마당에서 했는데, 마당이 넓은 편이었는데도 미래가 제대로 뛰기는 좁았다.

하지만 여기에서는 주혁이 마음먹고 공을 던져도 상관없을 정도로 대지가 넓었다.

덕분에 미래는 원 없이 달리며 놀 수 있었다.

"자, 가져와."

주혁은 공을 힘껏 던졌다. 테니스공은 푸른 하늘을 가로질러 초록빛이 가득한 잔디밭에 떨어졌다. 그리고 공의 궤적을 보면서 미래가 바람처럼 뛰었고, 공이 떨어지고 얼마 지나지 않아 공은 미래의 입에 놓이게 되었다.

미래는 의기양양하게 꼬리를 획획 흔들면서 공을 물고 주혁에게 다가왔고, 주혁의 발 앞에다가 공을 내려놓았다. 그러고는 펄쩍펄쩍 뛰면서 빨리 공을 던지라고 졸라댔다.

주혁은 그렇게 한참을 미래와 같이 시간을 보냈다.

잠시 아무런 고민 없이 즐겁게 지내다 보니 기분도 전환되고 머릿속도 말끔해진 것 같았다. 미래와 공놀이를 하는 순간에는 욕망이나 걱정과 같은 건 잠시 잊었다.

윌리엄 바사드와 로저 페이튼 사이를 연결해서 일을 꾸미는 것도, 보스의 정체와 능력이 무얼까 고민을 하는 것도, 새

로운 작품을 찾기 위해서 시나리오를 보면서 골머리를 싸매
는 것도 모두 잊을 수 있었다.

일에서 성공하는 것. 인생에서 아주 중요한 일이다. 하지
만 주혁은 미국에 온 이후로 이 순간이 가장 즐거운 시간이었
다.

주혁은 공을 공중으로 힘껏 던지면서 중얼거렸다.

"그래. 인생이 별거냐. 이렇게 가끔 맘 편하게 웃을 수 있
으면 되는 거지."

주혁이 던진 공은 파란 하늘 위로 까마득히 올라갔다.

*   *   *

[이봐, 요즘은 뭐 볼만한 거 없어?]

상자가 갑자기 말을 걸어왔다. 미국에 와서는 쉬는 시간은
대부분 미래와 놀아주면서 보냈더니 심심했던 모양이었다.

하지만 그런 데 시간을 쓸 여유가 없었다. 곧 닥칠 보스와
의 일전을 대비하기 위해서 능력을 최대한 높여놓아야 했으
니까.

[중요한 일만 끝나면 실컷 보여줄 테니까 조금만 참으라
고.]

[중요한 일?]

[그래. 잘하면 다른 상자들을 모두 얻을 수 있을 것 같거든.]

중요한 일. 사실 보스와의 대결만큼 중요한 일이 어디 있겠는가.

주혁은 아주 특별한 실수만 하지 않는다면 이번 기회에 모든 상자를 얻을 수 있다고 생각했다. 똑같이 나눈다는 로저 페이튼의 이야기는 현실성이 없었다.

그래서 주혁은 아예 보스를 상대한 후에 로저 페이튼과의 일전도 치러야 한다고 생각하고 있었다. 그가 오드아이나 세도우를 맡는다고는 하지만 무슨 수작을 부릴지 모르니 자신도 만반의 준비를 할 생각이었고.

그러니 어떻게 수련을 소홀히 하겠는가. 이번 일만 잘 해결되면 모든 걱정거리가 다 해소되는 거였다. 그러니 다른 어떤 일보다도 보스와의 일전을 준비하는 게 우선이었다.

그리고 새로 얻은 능력의 숙련도가 이제 50%를 정말로 목전에 두고 있었다. 게임으로 치면 경험치 바에 선 하나만 차면 50%가 되는 그런 상황이었다.

하지만 집중이 되지 않아서 수련은 크게 성과가 없었다.

일부러 암벽 등반과 같은 걸 하고는 있었지만, 생각보다 효과가 좋지는 않았다.

그렇다고 위험한 모험을 할 수 있는 오지로 훌쩍 떠날 수 있는 상황은 아니었다. 이제 곧 영화 홍보 일정이 시작되기 때문이었다.

'그전에 이태영, 그의 기억을 살펴보는 것만 하면…….'

이태영의 기억을 살펴보면 무언가 도움이 되는 게 있지 않을까 싶었다. 보스의 정체와 관련된 건 막아두었겠지만, 정보는 많을수록 좋은 거니까.

사실 정체와 관련된 기억도 보려고만 하면 볼 수는 있을 것 같았다.

하지만 분명히 그렇게 되면 보스가 그 사실을 알게 될 것이다.

그렇게 되면 내년 초에 있을 결전에 영향을 미칠 터. 당연히 조금이라도 더 조심하게 될 것이고, 주변을 살피게 될 터이니 굳이 상대에게 경각심을 일깨워 줄 필요는 없었다.

그리고 보스의 능력과 같이 중요한 거라면 모를까, 그의 정체와 같은 정도는 그리 중요한 게 아니라고 생각해서였다. 누구냐가 중요한 게 아니라 어떤 능력이 있느냐가 더 중요했다. 그가 배신을 당하는 걸 걱정하지 않을 수 있는 그런 능력이 무엇이냐가.

[그래? 그렇게 생각한다면 어쩔 수 없는 일이지.]

어쩐 일인지 상자가 순순하게 물러나는 듯했다.

주혁은 의아하게 생각했다. 이런 경우는 극히 드문 경우였으니까.

[어쩐 일이야? 계속 조르면 뭐라도 볼까 생각 중이었는데.]

[글쎄. 그냥 오늘따라 그러고 싶었다고 해두지.]

[그래? 어찌 되었든 방해하지 않아서 고맙긴 하군. 내가 일만 끝나면 꼭 챙겨줄게.]

상자는 대답하지 않았다. 어차피 상자는 모두 모여야 할 운명이었다. 사람들의 손에 의해서 그렇게 되지 않는다면, 다른 힘에 의해서라도. 그리고 그렇게 되는 날이 1년 정도밖에 남지 않았다.

이제 이곳에서의 기억도 끝이라고 생각하니 착잡한 기분이 들었다.

무척이나 마음에 드는 사람도 있었고, 흥미진진한 일도 있었다.

특히나 드라마와 영화, 그리고 소설이 있어서 다른 어느 때보다도 즐거운 시간을 보낼 수 있었다.

그리고 주혁이라는 녀석도 정이 들었는지, 점점 마음에 들었다.

하지만 아무도 모르고 있었다.

이별이 멀지 않았다는 사실을.

갑자기 일이 급박하게 돌아가는 것도 전부 시간이 많이 남지 않아서 그런 것일 터이다.

운명은 소리 없이 다가온다. 아무도 느끼지 못하는 사이에.

운명이 자신에게 왔다는 건 그것을 맞이한 다음에야 알 수 있다. 아니면 운명, 혹은 기회라고 부르는 것이 이미 지나갔지만 왔다는 걸 아예 모르고 있을 수도 있고.

상자가 모여야 한다는 것은 정해진 운명. 그것도 아주 강한 힘을 가진 운명이다. 그래서 상자를 가진 사람들의 운명도 거기에 영향을 받는 것이다. 그리고 상자가 합쳐지는 시기가 가까워질수록 더욱더 강하게 영향을 받을 것이고.

그렇게 운명이 정해진 결말을 향해서 달려가고 있었다. 하지만 아직은 결론이 어떻게 날지 모른다. 운명을 비틀 정도로 강한 힘을 가지고 있는 사람이 둘이나 있었으니까.

보스와 주혁.

둘은 그럴 수 있는 힘이 있었다.

하지만 둘 다 원하는 걸 얻을 수는 없는 법. 둘 중 하나가 원하는 것만 이룰 수 있을 것이다.

그렇지만 그때가 주혁이 생각하는 내년 초는 아니었다. 상자도 알란이 본 미래를 모두 같이 보았으니 그걸 알고 있었다. 결정적인 순간은 훨씬 뒤였다.

하지만 또 모른다. 그동안 운명이 조금씩 바뀌었으니까. 그런 영향으로 운명의 대결이 일어나는 시간이 앞당겨졌을 수도 있었으니까.

어찌 되었건 승자는 모든 것을 얻을 것이고, 패자는 모든 것을 잃을 것이다.

[무슨 생각을 하길래 대답도 하지 않는 거야?]

[별거 아니야. 하나의 변기에 두 명이 앉을 수는 없다는 생각을 하고 있었지.]

상자는 산에 두 마리의 호랑이가 있을 수 없다는 이야기를 현대적이고 생활 밀착형으로 해석해서 이야기했지만, 주혁은 느닷없이 무슨 이야기를 하느냐는 표정을 지었다.

[그건 또 무슨 얘기야?]

[그런 게 있어. 수련이나 열심히 하라고. 나도 생각이나 좀 하고 있을 테니까.]

주혁은 오늘따라 상자가 이상하다는 생각을 했다. 평소와는 달리 기운도 없어 보였고, 무척이나 감상적인 것 같은 느낌이 들었다.

그는 상자와 이야기를 더 해볼까 하다가 그만두었다.

'그런 날도 있는 거겠지 뭐.'

사람도 그런 날이 있지 않은가. 항상 활기차게 웃고 떠들던 사람도 어떤 날은 조용하고 차분하게 지내는 경우가. 주혁은 대수롭지 않게 생각하면서 수련을 계속해야겠다고 마음먹었다.

하지만 여전히 숙련도는 잘 오르지 않았다.

무언가 획기적인 방법이 있으면 좋겠다는 생각을 들었지만, 그런 게 쉽게 떠오를 리 없다. 누구나 원하는 것 아닌가. 장사를 하는 사람이나 직장에 다니는 사람이나. 심지어는 학생이나 글을 쓰는 작가도 원한다.

획기적인 것을.

하지만 그런 걸 찾거나 생각해 내는 사람은 극소수에 불과하다. 세상에 그렇게 불릴 수 있는 건 아주 적다는 말이다.

하기야 그러니까 획기적이라고 부르는 것이겠지만.

*　　*　　*

갑자기 국제 주가가 출렁이고 주요 자원과 관련해서 이상한 움직임이 보이자 세계 경제가 예민하게 반응하기 시작했다.

자본이 일시적으로 안전 자산으로 이동했고, 원인을 놓고 여러 전문가들이 저마다의 목소리를 내고 있었다.

"저는 방송에 나오는 전문가라고 하는 사람들의 이야기를 잘 믿지 않습니다. 진짜 전문가는 방송에 얼굴을 내미는 저런 사람들이 아니거든요."

윌리엄 바사드가 방송을 보면서 이야기했다.

주혁도 비슷한 생각이었다. 예전에 주식에 빠져 있을 때, 방송도 많이 보고 전문가의 말도 많이 들어봤다.

하지만 결과는 신통치 않았다. 물론 자신이 그 당시 실력이 없고, 너무 한탕을 노리고 있어서 그랬을지도 모른다.

하지만 그런 생각은 지금도 바뀌지 않았다. 그들이 하는 소리는 일이 일어난 후에 끼워 맞추는 거라는 생각이 강하게 들어서였다.

개중에는 정말 전문가가 있을지도 모른다. 하지만 대부분은 그렇지 않다고 보았다.

"정말 그렇게 전문가라고 한다면 저기 나와서 저렇게 이야기하고 있지 않겠지. 나라도 아무에게도 알려주지 않고 그걸 가지고 돈을 벌 테니까."

"맞습니다. 실제로 그런 사람들은 가족에게도 그런 이야기를 잘 하지 않죠. 물밑에서 조용히 움직이는 사람들이 진짜 전문가들입니다."

윌리엄 바사드와 로저 페이튼은 겉으로 보기에는 제대로 한판 붙을 기세였다. 하지만 정교하게 만들어진 각본에 의해서 움직이고 있었다.

주혁은 이런 움직임도 연기가 중요하다는 걸 새삼 깨닫고 있었다.

"모든 사람을 속여야 하니까 그만큼 연기력이 좋아야 하는 거죠."

윌리엄 바사드는 굉장히 중요한 일이라고 강조하는 주혁의 말을 듣고는 엄청나게 신경을 써서 이번 작전을 준비했다. 로저 페이튼과도 의견을 교환하면서.

그 덕에 조금이라도 이상하게 생각하는 사람은 아무도 없었다.

은밀하게 아는 사람들에게만 둘이 다시 한 번 승부를 겨룬다는 이야기가 돌고 있을 뿐이었다.

그리고 그걸 이용해서 한몫 잡아보려는 사람들이 눈이 벌게서 돌아가는 상황을 예의 주시하고 있었고.

평온한 시기에는 큰돈을 만질 수 없는 법이다. 무언가 크게 바뀌고 엄청나게 요동칠 때, 그 시기가 바로 기회다.

물론 기회의 다른 얼굴은 위기이기도 하다. 많은 것을 얻을 수도 있지만, 대부분을 잃을 수도 있으니까.

그래도 사람들은 대부분 평온한 시기보다는 지금처럼 무언가 변화가 생기고 역동적으로 움직이는 판세를 더 좋아한다. 승부를 걸 수 있는 그런 때가 오는 걸 말이다.

"내년 초까지는 계속해서 이런 상황이 유지될 겁니다. 제가 밀어붙이지만, 가끔 로저 페이튼이 반격을 해서 상당히 움직임이 큰 장세가 연출되는 거죠."

"피해자가 나올 수도 있겠군."

주혁은 뜻하지 않게 손해를 보는 사람도 있겠다 싶었다.

하지만 욕심을 내지만 않으면 문제는 없을 것이다. 요동칠 뿐이지 어차피 경제 위기와 같은 상황으로 흐르지는 않을 테니까. 요란스럽기만 했지, 처음과 끝만 보면 특별한 변화는 없는 그런 상황으로 계획했으므로.

"언제나 손해를 보는 사람은 있는 법이죠."

그게 다 욕심 때문이다.

욕심에는 대가가 따른다. 그 대가는 온전하게 본인의 책임.

주혁은 그 문제에 대해서는 신경을 끄고, 윌리엄 바사드와 잠시 상의를 하다가 다시 저택으로 돌아왔다. 내일부터는 본격적인 홍보 일정을 소화해야 하니 정리할 것도 있어 그런 거였다.

돌아오는 길에 주혁은 조금 안타깝다는 생각이 들었다. 홍보 일정이 생각보다 조금 앞당겨졌기 때문이었다.

그리고 우연인지는 모르겠지만, 이태영이 미국에 오는 일정은 다소 늦춰졌다. 그래서 이태영의 기억을 보는 건 뒤로 미루어야 했다.

"참, 정말 보기 힘든 인간이네."

직접 본 게 언제인지 기억도 나지 않았다.

이상하게 만나려고 하기는 하는데, 쉽게 볼 수가 없었다.

시간이 자꾸만 어긋나고, 마주칠 일도 생기지 않았으니까. 하지만 억지로 일정을 망가뜨리면서까지 그를 볼 필요는 없었다.

아쉽지만 기회는 얼마든지 있을 터. 게다가 보스와의 대결이 마무리되면 굳이 그의 기억을 볼 필요도 없을 것이다.

그래서 일정에 충실하자는 생각을 하면서 그가 묵고 있는 윌리엄 바사드의 저택으로 돌아왔다.

돌아와서 그가 본 건 장백이가 부산하게 움직이고 있는 모습이었다.

"뭐가 그렇게 바빠?"

"아이구, 갑자기 일정이 당겨져서 준비할 게 좀 많아야지요."

주혁은 혀를 찼다. 일정이 어떻게 될지 모르니 미리미리 준비를 하라고 했는데, 정해지면 그때 하겠다고 미루더니 지금 이 난리를 치고 있는 거였다. 원래 이쪽 일정이란 게 워낙 변수가 많아서 확정되기 전까지는 어떻게 될지 몰라서 그런 거였는데 말이다.

"그러니까 미리 좀 챙겨두라고 했잖아."

하기야 자신도 크게 다를 건 없었다. 준비할 게 별로 없어서 그런 거였지, 준비를 잘해놓은 건 아니었으니까.

참 이상했다. 아무리 시간이 많아도 꼭 마감이 닥쳐야 하게 된다.

평소에 공부를 해놓으면 된다고 하지만 실제로는 어디 그런가.

다들 시험 기간에 밤을 지새우며 책을 본다. 그것도 시험 바로 전날.

회사에 나가도 비슷하다. 마감 날짜에 임박해서 일을 몰아서 하게 된다.

주혁도 장백에게 말은 그렇게 했지만, 이것저것 마무리하지 못한 정리를 했다.

하지만 금방 정리를 끝냈고 시간이 남아서 미처 보지 못한 시나리오를 마저 읽었다.

하지만 여전히 마음에 드는 작품은 없었다.

사실 이제는 작품을 처음부터 끝까지 정독하지도 않는다. 도저히 아니다 싶은 작품은 중간에 내려놓는다. 그런 걸 끝까지 읽는 건 시간 낭비였으니까.

"조금 부족하더라도 무언가 느낌이 오는 게 있어야 하는데……."

무언가 부족한 게 있더라도 장점이 확실하게 보이면 그 작품은 고려해 볼 만하다.

오히려 평균 90점짜리보다 한 가지가 100점에 가깝고 나머지가 80점 아래인 작품이 더 가능성이 있는 것이다.

하지만 그런 작품이 보이지 않았다.

그런데 모든 작품이 시나리오로 들어오는 건 아니었다. 기획서와 시놉시스 정도만 들어오는 경우도 있다. 트리트먼트가 오는 경우도 있고.

그중에서 주혁의 눈에 가능성이 보이는 작품이 하나 있었다.

"망가진 음악 천재 이야기라."

기획서와 짧은 시놉시스만 있었는데, 솔직하게 말해서 잘 만들어진 작품은 아니었다.

하지만 분명히 장점이 보였다. 캐릭터가 매력적이었고, 설정이 재미있었다. 음악을 눈으로 볼 수 있다는 설정이 있었다.

"음악이 눈에 보인다니. 재미있겠는데?"

잘못하면 아주 유치할 수도 있지만, 요즘 CG 실력이면 충분히 아름답고 재미있게 구현할 수 있을 것이다. 그리고 그런 주인공이 사연 있는 사람들을 이끌어서 성공하게 만든다는 이야기. 그들을 성장시키면서 자신도 상처를 치유하는 이야기였다.

"여기저기 섞인 것 같기는 한데 주인공 캐릭터와 재미있는 설정이 흥미로워."

천재라서 별다른 노력을 하지 않고도 작곡을 할 수 있고,

그래서 안하무인에 사람들을 막 대하던 주인공.

그가 어떤 사건을 계기로 작곡을 할 수 있는 능력을 잃어버렸다.

그런 주인공이 다시 능력을 찾기 위해서 노력하면서 사람들을 이해하게 되었고, 그래서 사람들을 도와 같이 성공한다는 이야기가 주된 내용이었다.

이야기가 좋았다.

요즘이 어디 살기 좋은 세상이던가. 다들 힘들고 어렵게 살아간다.

그런 상황이니 이런 이야기는 사람들이 좋아할 만한 이야기였다. 사람들에게 희망과 위안을 줄 수 있는 그런 이야기.

"일단 이건 발전시킬 수 있는지 좀 생각해 봐야겠다."

주혁은 처음으로 서류를 따로 빼놨다. 그러면서 오히려 완성된 시나리오보다 이렇게 기획서나 시놉시스 단계의 작품이 더 나을 수도 있다는 생각이 들었다.

CHAPTER **67**
홍보 투어와 신작 준비

미션 임파서블 홍보를 위한 월드 투어가 시작되었다.

미국에서 일정이 시작되었는데, 홍보 일정 중간에 주혁은 한국에서 온 손님을 맞이했다. 주혁이 초청한 사람들이었는데, 그가 눈여겨본 기획서를 보낸 사람들이었다.

주혁은 그 작품을 잘 발전시키면 좋겠다고 마음먹고는 지금부터 준비하려는 거였다.

그로서는 처음으로 개발 단계에서부터 참여하는 작품인 셈이다.

하지만 아직 확실한 건 없었다.

자신이 주연을 맡을지도 확실하지 않았고, 얼마나 자본을 들여서 찍을지도 결정되지 않았다. 그런 결정은 작품이 어느 정도 윤곽을 보이고 난 이후에 정하면 되는 거니까.

하지만 정말 이 이야기에 끌렸다.

안하무인에 괴팍한 성격의 음악 천재.

생각만 하면 악상이 저절로 떠오를 정도로 천재적인 작곡 능력을 지녔지만, 성격은 개차반.

모두가 싫어하는 그런 사람이었다.

결국에는 사람들에게 배신당하고 모든 것을 잃은 채 쫓겨나게 된다.

그리고 그 충격으로 작곡을 할 수 없게 된다.

가만히 있어도 저절로 작곡이 되던 주인공은 어떻게 해서든 다시 작곡을 하기 위해서 노력한다.

그러면서 예전에 자신이 무시했던 사람들이 정말 열심히 살고 있었다는 걸 깨닫고 그들을 도와 함께 성장한다는 이야기다.

분명히 매력적인 부분이 있었다.

그래서 주혁은 모든 비용을 부담하면서 그들을 불렀다. 하루라도 빨리 이야기를 진척시켰으면 좋겠다는 생각에서였다.

그래서 그 회사의 대표와 작가가 미국으로 건너왔고, 주로 주혁이 일정을 마치고 돌아와서 만남이 이루어졌다.

"나는 아직도 꿈을 꾸고 있는 게 아닌가 싶어."

"대표님만 그러겠어요? 저도 마찬가지예요."

오늘이 이틀째였는데도 회사의 대표와 작가는 여전히 어리둥절한 표정이었다. 이렇게 주혁의 초대를 받고 미국에 와서 이야기를 나누게 될 것이라고는 상상도 하지 못했으니까. 그리고 이런 고급 호텔에 와본 것도 처음이라서 무척 낯설고 어색했다.

두 남자는 주혁을 기다리면서 담소를 나누고 있었다. 곧 도착할 거라는 이야기를 들어서 준비를 모두 해놓은 채로.

"혹시 이러다가 작품을 통째로 빼앗기는 건 아니겠죠?"

"설마… 그래도 월드 스타이고, 평판도 좋은 사람인데……"

대표라고 불린 남자는 그럴 리가 없다고 이야기하면서도 얼굴에 일말의 불안감을 지우지는 못했다. 맥없이 흐리는 말끝에서 그의 불안감이 고스란히 묻어 나왔다.

사실 힘없는 사람은 언제나 불안할 수밖에 없다.

세상에 어디 호의로 접근하는 사람이 얼마나 되겠는가. 어떻게든 이용하려고 덤벼드는 사람이 훨씬 많다.

그리고 힘의 차이가 나면, 불합리하고 억울한 일을 당해도 무어라 말도 못 하는 경우가 허다하다.

이렇게 월드 스타가 자신들의 작품에 관심을 가져 주니 좋기는 했지만, 대우가 너무 융성해서 오히려 불안한 생각이 들었다.

"그리고 구체적인 노래 같은 건 나중에 생각하자는 것도 좀 그렇지 않아요? 스토리에 어울리는 노래는 당연히 생각해야 하는 건데 말이에요."

음악과 관련된 작품이다 보니 노래가 아주 중요했다. 어떤 노래가 쓰이느냐에 따라서 작품의 성패에 영향을 미칠 테니까.

그래서 작가는 그 부분을 상당히 중요하게 생각하고 있었는데, 주혁이 미루자는 말을 하니 무언가 찜찜했던 거였다.

"그거야 뭐……."

대표는 뭐라고 말을 하려 했지만, 딱히 떠오르는 이야기가 없었다.

이상한 점은 분명히 있었지만, 큰 틀을 먼저 잡고 구체적인 건 나중에 결정하는 경우도 있었으니까.

게다가 그런 사소한 문제로 이런 기회를 박찰 수는 없는 일이다.

"일단 어떻게 일이 흘러가는지 지켜보자고."

"그래야지요. 저희가 무슨 힘이 있겠어요."

둘은 두런두런 이야기를 나누다가 문소리가 들리자 벌떡

일어섰다.

"죄송해요. 일정이 생각보다 늦게 끝나서요."

주혁이 고개를 휘저으면서 말했다.

행사에서 사람들이 주혁을 쉽게 놓아주지 않았다.

작품의 인기보다는 주혁의 개인적인 인기가 훨씬 좋았다.

미국 사람들은 영웅을 좋아한다.

그리고 주혁은 미국 사람들의 그런 환상을 충족시켜 주는 존재였고.

그래서 행사를 하면 엄청나게 많은 사람들이 몰려들었다.

특히 아이들이 엄청나게 주혁을 좋아했다.

물론 시간이 되었다며 대충 정리하고 나올 수도 있었지만, 주혁은 그러고 싶지는 않았다. 자신을 보려고 먼 곳에서 온 사람도 있을 텐데, 적어도 행사를 하는 동안에는 최선을 다해야 한다고 생각했다.

그래서 시간이 조금 지체되더라도 사람들에게 시간을 할애했다.

다음 일정이 있으면 어쩔 수 없이 중단해야 했겠지만, 어차피 다음 일정이 없어서 가능했던 일이기도 했다.

그렇게 일정을 마치고 부랴부랴 왔지만, 약속했던 시간보다는 약간 늦게 된 것이다.

"아닙니다. 그것보다 저희들 때문에 쉬지도 못하는 건 아닌지……."

"그럴 리가요. 제가 이 작품이 좋아서 이러는 건데요."

주혁은 자리에 앉아서 어제 하다가 중단된 이야기를 마저 하자고 말했다.

"오디션에 참가해서 사람들에게 도움을 준다는 건 좋은데요, 오디션이 기존에 있는 것과는 조금 차별화된 그런 게 있어야 할 것 같아요."

주혁은 앉자마자 이야기를 꺼냈다. 이곳으로 오면서도 계속해서 그 생각을 하고 있었으니까.

두 남자도 자료와 노트북을 펼치고는 대화에 동참했다.

"그건 맞는 것 같습니다. 기존 오디션과 너무 비슷하면 신선한 맛이 없죠. 그래서 몇 가지 아이디어를 생각해 봤습니다."

대표가 오늘 정리한 내용을 주혁에게 건넸다.

주혁은 그 내용을 보았는데, 아직은 무언가 허전했다. 이거다 싶은 아이디어가 보이지는 않았으니까.

그 모습을 보던 작가가 조심스럽게 이야기를 꺼냈다.

"그런데 노래도 어느 정도는 생각해 둬야 하는 거 아닐까요? 그래야 분위기도 확실하게 할 수 있고……."

그는 혹시라도 이상하게 생각할까 싶어서 조심스럽게 이야기했다.

하지만 주혁은 서류에서 눈을 떼지 않고 대수롭지 않게 말했다.

"아, 그거요. 어디서 제작할지 몰라서 어떤 분위기의 노래가 필요한지만 정하고 노래는 나중에 정하자고 이야기한 거예요."

"예? 어디서 제작할지 모른다니요?"

대표와 작가는 혹시나 그가 작품을 가져가서 직접 제작하려고 그러는 건가 싶어서 가슴이 덜컹 내려앉는 기분이었다.

사실 시놉시스는 저작권의 보호를 받기 어려웠다.

그러니 사실 지금 자신들을 내보내고 그 이야기를 가지고 발전시켜도 법적으로는 뭐라고 하기 어려웠다.

그리고 알게 모르게 이 바닥에는 그런 경우가 많이 있다. 아이디어만 빼먹고 돈도 주지 않고 버려지는 경우가.

하지만 이어진 주혁의 말을 듣고는 이번에는 황당한 표정이 되었다. 전혀 생각지도 못한 이야기를 들어서였다.

"한국에서 제작할 수도 있지만, 할리우드에서 바로 찍을 생각도 하고 있거든요."

주혁의 이야기에 두 남자는 눈만 멀뚱멀뚱 거리면서 아무런 말도 하지 못했다.

사실 주혁이 이 작품에 관심을 보인 것만 해도 기적적인 일이라고 생각하고 있었다. 아무런 실적도 없는 무명의 회사이고, 작가였으니까.

그저 좋은 작품을 만들어보자는 생각만 가지고 만든 회사였다. 젊은 패기만 가득한 그런 회사였다.

대표라고는 하지만 아직 30대 초반. 작가는 20대 후반이었다. 그렇게 모인 사람들이 번득이는 아이디어를 생각해 내서는 열심히 작업해서 문을 두드렸다.

하지만 현실의 벽은 만만치 않았다.

아무도 그들의 작품에 관심을 보이지 않았다. 수없이 기획서를 보여주었지만, 별다른 반응이 없었다.

기껏 하는 얘기가 애들 만화 같다는 거였다. 그리고 아무런 경력이 없다는 점도 그들의 발목을 잡았다.

잠시 관심을 보였던 곳도 있었지만, 그들의 경력이 전무하다는 걸 알고는 퇴짜를 놓았다.

그렇게 퇴짜를 당하고 대표는 회사 사람들과 술을 마시면서 이런 분위기를 성토했다.

처음부터 경력자가 어디 있느냐고.

작품이 좋으면 된 거지 경력자가 쓴 작품만 잘되리라는 법 있느냐고. 그리고 여기저기 전부 기획서를 보냈다.

그중 한 곳이 미래 컨소시엄이었다.

그런데 연락이 와서는 미국으로 오라고 한 것이다. 모든 비용은 지불할 테니까 작품을 발전시키는 걸 상의하자면서.

처음에는 장난이라고 생각했지만, 그게 아니었다. 그래서 둘은 미국행 비행기를 타게 되었다.

처음 만난 건 어제저녁이었는데, 주혁은 정신이 하나도 없어 보였다. 이야기하는 중간에도 여러 번 통화를 해야 해서 자리를 비웠다.

그래서 계약이나 그런 부분 이야기는 하지 못했고, 작품에 관한 이야기만 나누었다.

주인공 캐릭터에 대해서 가장 많은 이야기를 나누었고, 끝나기 전에 이야기를 나눈 게 오디션과 관련된 이야기였다. 둘은 당연히 한국에서 영화화를 하는 걸로 생각하고 있었다. 주혁이 제작자로 참여하고.

이번 영화에서도 제작자로 참여했다는 사실을 알고 있어서 그런 생각을 한 거였다. 내심 배우로서도 참여할 생각이 있는지도 묻고 싶었지만, 어제는 첫날인 데다가 너무 경황이 없어서 그러질 못했다.

그런데 오늘 갑자기 할리우드에서 제작을 할 수도 있다는 이야기를 들으니 어안이 벙벙할 수밖에.

주혁은 그런 눈치를 채지 못하고 있다가 나중에서야 그들의 표정을 보고는 이상하다는 걸 깨달았다.

"왜 그렇게……."

주혁은 잠시 둘과 이야기를 나누었는데, 일이 조금 이상하게 진행되었다는 것을 깨달았다.

한국에서 김중택 대표가 충분히 설명을 한 줄 알았는데, 그러지 못했던 거였다.

그저 주혁이 관심이 있고, 자세한 이야기는 가서 들어보라고 했던 거였다.

"아하. 저는 김중택 대표님하고 어느 정도 상의가 된 줄 알아서요. 제가 착각을 한 모양이네요."

주혁은 자세한 이야기를 나누었고, 상대도 계약에 어느 정도 동의를 한 상태여서 이곳에 온 것으로 생각하고 있었다. 주혁은 상대가 이런 황당한 상황에서도 말을 하지 않고 있었다는 게 신기했다.

'경험이 없어서 그런 건가? 꼭 신병 같네.'

어쩔 줄을 모르고 당황스러운 표정으로 우왕좌왕하는 걸 보니, 꼭 훈련소에 처음 들어가서 당황스러워하는 신병 같았다.

사실 둘의 입장에서는 그러는 것도 당연하지 않겠는가. 지금까지 이런 경험이 한 번도 없었으니까.

계약을 맺은 적도 없었고, 작품을 발전시키는 작업을 해본적도 없었다. 그리고 한국에서 이런 일을 겪었어도 당황했을 텐데 미국까지 와서, 그것도 엄청난 유명인이 눈앞에 있으니 어찌할 바를 모르고 끌려다녔던 거였다.

주혁은 웃으면서 말을 시작했다. 잘 발전시켜서 제작을 하려고 하는데, 한국에서 할지, 할리우드에서 할지는 조금 더 생각해 봐야겠다고.

"이거 어느 정도는 이야기가 된 줄 알았는데, 이러면 이런 이야기를 하고 있을 게 아니라 계약부터 해야겠네요."

주혁은 일단 한국에서 일반적으로 하는 계약에 준해서 진행하자고 말했다. 물론 금액은 조금 후하게 할 생각이었다. 그만큼 작품을 좋게 생각하고 있었으니까. 그리고 만약에 할리우드에서 진행하게 되면, 그에 맞는 계약을 다시 하기로 하고.

불만이 있을 수 없는 조건이었다.

오히려 둘은 생각했던 것보다 좋은 조건에 의아해했다. 게다가 할리우드에서 제작을 할 수도 있다니.

"그런데 저희에게 왜 이렇게 잘해주시는 건지……."

"네? 잘해준다니요? 저는 그저 그럴 만한 작품이라고 생각해서 그러는 건데요."

작가는 무릎 위에 놓인 손에 힘이 들어갔다. 지금까지 들었던 어떤 미사여구보다도 기분 좋은 말이었다. 자신의 작품이 인정을 받은 것이니까.

"보니까 전에 쓰셨던 시나리오도 톡톡 튀는 게 있으시더라고요. 물론 손볼 내용도 많이 있지만요."

둘 다 얼굴에 웃음이 맴돌았는데, 대표는 그래도 불안한 구석이 남아 있었던 모양이었다. 한국에서 계속해서 퇴짜를 맞은 기억이 그를 주눅이 들게 만든 모양이었다.

"저희는 아직 무명인데, 이렇게까지 해주시니……."

작가가 쓸데없는 말을 한다고 팔꿈치로 대표의 옆구리를 쿡쿡 찔렀다.

주혁은 별것 아니라는 듯 말을 이었다.

"무명이라고 작품이 엉망이라는 건 아니잖아요. 유명 작가라고 다 명작을 쓰는 것도 아니구요."

주혁은 시놉시스의 첫 부분을 가리키면서 이야기했다.

"저는 이 부분이 마음에 와 닿더라구요. 무언가 부족한 사람들이지만, 그런 사람들도 꿈을 가질 수 있다는 말이요. 그리고 그렇게 세상에 제 목소리를 내지 못하던 사람들이 나중에는 자기 소리를 내게 된다는 게 인상적이었어요."

사실 영화나 사회나 마찬가지다.

주연은 단 한 명이다.

모든 포커스가 그를 향하고 나머지는 주연을 위해서 일한다.

사회에서 주연으로 살아가는 사람이 얼마나 되겠는가. 조연이나 엑스트라로 살아가는 게 대부분의 인생이다.

하지만 남들이 보기에는 어떨지 몰라도 그들 인생에 있어서 주연은 바로 그들 자신이다.

이 작품은 그런 지점을 관객에게 어필하는 작품이었다.

그리고 그 내용이 아주 흥미롭게 구성되어 있었다.

그래서 주혁이 이 작품을 만들기로 결정한 거였다.

"캐릭터도 마음에 들고요. 이야기는 코러스 라인의 스토리가 떠오르기도 하는데, 배경하고 설정 자체가 다르니까요."

똑같은 모티브를 가지고도 전혀 다른 이야기가 나온다.

로미오와 줄리엣 모티브를 가지고 어떤 사람은 남녀 간의 비극적인 사랑 이야기를 쓰지만, 공동경비구역 JSA와 같은 작품을 만들기도 한다.

가까워질 수 없는 두 집단. 이루어질 수 없는 사이이지만, 운명적으로 가까워지게 되고, 결국에는 두 집단의 문제로 인해서 비극적인 결말에 이르는 이야기.

이렇게 똑같은 모티브를 가지고 전혀 다른 작품이 나올 수도 있는 것이다.

"분명히 이 이야기는 좋은 작품이 될 겁니다. 같이 한번 만들어보죠."

주혁도 처음으로 시도하는 일이었다. 하지만 이런 이야기라면 꼭 작품으로 만들어보고 싶은 욕심이 생겼다.

그리고 대표와 작가도 손을 잡고는 들뜬 마음으로 주혁과 이야기를 이어나갔다.

　　　　*　　　*　　　*

　일단 의기투합이 되니 작업 속도는 빠르게 진척되었다. 원래는 내년에나 가닥이 잡히지 않을까 하고 생각했었는데, 지금 상황으로 보면 잘하면 내년에 촬영에 들어갈 수도 있을 것 같았다.

　주인공 캐릭터야 워낙 매력적이어서 크게 손을 댈 부분이 없었다. 큰 맥락에서 짚고 넘어가야 할 그런 부분을 주로 의논했다.

　"여기 이 시퀀스에서는 갈등이 좀 약한 것 같지 않아요?"

　"흠, 확실히 그렇긴 하네요. 조금 더 극적으로 만들 필요가 있을 것 같아요. 여기서 착실하게 갈등이 쌓여야 나중에 폭발할 때 힘을 받을 테니까 말이죠."

　"그렇죠. 그리고 다른 캐릭터는 다 좋은데 이 캐릭터가 롤이 약간 애매한 것 같아요."

　모든 캐릭터는 각자 맡은 역할이 있다.

　어떤 캐릭터는 주인공의 각성을 돕기 위해서, 어떤 캐릭터는 전체 갈등을 고조시키기 위해서 존재한다.

　관객은 그런 걸 생각하지 않고 그냥 즐겨도 되지만, 영화를 만드는 사람들은 그런 걸 정교하게 따져 봐야 한다.

그런 작업이 결코 만만한 일은 아닌데, 주혁과 서준 작가는 그런 면에서 호흡이 아주 잘 맞았다. 그래서 만족스러운 결과물이 나오면서도 시간도 많이 걸리지 않았다.

"좋은데요. 서준 작가님은 발상이 참 기발한 것 같아요."

"그런가요? 저는 평범한 소재를 가지고 이야기를 잘 풀어내는 사람이 더 부럽던데……."

분명히 서준 작가는 재능이 있었다.

객관적으로 보아서 완성도가 높은 시나리오를 쓰는 작가는 아니었다.

하지만 발상이 기발하고 대사가 맛깔스러웠다. 분명한 장점이 있는 거였다.

그리고 그에게 없는 경험과 안목이 주혁에게는 있었다.

서준 작가는 작업을 하면서 상당히 많은 걸 배우고 있었다.

배우라고 해서 이런 부분에 대해서는 잘 알지 못할 거라고 생각했는데 전혀 그렇지 않았다.

이야기하는 걸 들어보면 자신보다도 훨씬 전문가라는 생각이 들 정도였다.

그리고 지적하거나 조언하는 게 핵심만을 정확하게 짚어서 이야기했다.

그리고 그가 이야기한 방향으로 작업을 하면 결과도 좋았다.

그게 눈에 보이니 작업을 하면서도 신이 났다.

그리고 정말 일하는 보람이 있었다.

"워낙 방향을 잘 잡아주셔서 작업하는 게 쉽더라고요."

"방향을 잡아도 그걸 제대로 살리는 게 얼마나 어려운 건데요. 작가님이 그 방면으로 재능이 있는 게 맞아요."

주혁도 이들을 상당히 좋게 보고 있었다. 패기 있는 모습도 좋았고, 독특한 발상도 좋았다. 그리고 무엇보다도 편견이나 선입견 같은 게 없었다. 생각하는 게 자유롭고 신선했다. 그리고 더 놀란 게 있었다.

이야기를 들어보니 이들이 만든 회사는 영화 기획사가 아니었다. 다방면으로 발전시킬 수 있는 이야기를 만들어보자고 공동 창작 집단을 만든 거였다. 이야기가 좋아서 모인 이야기꾼들이라는 말이었다.

'젊으니까 할 수 있는 거겠지.'

서준 작가가 스물아홉인데 대표를 제외하고는 나이가 가장 많다고 했다.

나이를 먹을수록, 특히나 부양가족이 생기면 돈을 생각하지 않고 무언가를 하긴 어렵다. 당연히 꿈이나 이상과는 멀어지게 된다.

그렇게 꿈을 접은 사람들이 어디 한둘인가.

하지만 아직 젊을 때는 이런 도전을 해볼 수 있다. 그리고 이야기를 해보니 영화나 드라마뿐만 아니라 애니메이션이나 만화 스토리도 하고 싶어 했다.

주혁은 이 사람들이 정말 이야기가 좋아서 이 일을 하는 사람들이라는 생각이 들었다.

특히나 만화 같은 경우에는 지금 하려는 사람이 아예 없다고 보아도 무방할 정도였으니까.

이유는 간단했다.

돈이 되지 않기 때문이다.

그나마 웹툰 쪽은 그나마 나았지만, 만화는 시장 자체가 죽었다고 보아도 될 정도였다.

하기야 돈만 생각했다면 창작 집단이란 걸 만들어서 작품을 할 생각을 하지 않았을 테지만 말이다. 트렌드를 따라가는 작품을 쓰거나 드라마 쪽을 노렸을 것이다.

영화 작가는 대우도 받지 못하고 벌이도 신통치 않다.

특히나 각색 작가는 감독이나 제작자가 시키는 대로 열 번이 넘게 수정해야 하는데, 일은 고된데 보람도 없어서 대부분 얼마 하지 않아서 그만둔다.

'하기야 그랬으니까 소리를 본다는 그런 생각도 할 수 있었겠지.'

누가 보더라도 만화 같은 발상 아닌가. 하지만 생각이 자유스러우니 그런 생각도 할 수 있었을 것이다.

주혁은 서준 작가가 칭찬하는 그 창작 집단이 무척 궁금했다.

"다른 분들도 궁금하네요. 그렇게 칭찬을 하시니까요."

"다들 각양각색이어서요. 인물의 감정선을 잘 잡는 친구도 있고, 네이밍이나 기획이 뛰어난 친구도 있습니다."

주혁의 서준 작가의 표정만 보아도 어떻게들 일하는지가 보이는 듯했다.

열정 가득한 사람들이 모여서 때로는 티격태격하지만, 다들 자신이 이루고 싶은 꿈을 향해서 달려가는 그런 모습이 그려졌다.

"그런데 시나리오를 고치다 보니까 이 시나리오가 꼭 우리 얘기 같게 느껴지더라고요."

서준은 겸연쩍게 웃으면서 말했다. 시나리오의 주된 내용이 음악 천재인 주인공이 사연 있는 사람들을 성공하게끔 도와준다는 이야기였으니까.

"그런 생각을 했거든요. 사실 부족하다는 거 알거든요. 인정하기는 싫지만 말이죠. 하지만 어떤 기회만 있으면, 누군가 제대로 가르쳐 줄 수 있는 사람만 있으면, 우리도 달라질 거라는 생각을 했죠."

술자리에서 그런 이야기가 나왔다고 했다.

"그러다가 이야기가 나왔죠. 다른 사람들도 대부분 그런 생각을 할 테니까 그런 이야기를 만들면 재미있겠다고요. 그리고 그냥은 재미가 덜할 것 같으니까 설정을 기발한 걸 하나 넣자는 말도 나왔구요."

그렇게 이 작품이 시작된 거였다.

주혁은 빙긋 웃으면서 한국에 가게 되면 다 같이 한번 보자는 이야기를 했다.

"그러면 오늘까지 정리한 걸 가지고 당분간 작업을 하는 걸로 하죠."

이제 주혁은 미국을 떠나 유럽과 아시아로 이동해야 했다. 상황을 봐서 같이 이동을 할까도 생각을 했었지만, 작업이 생각보다 빨리 진행되어서 그럴 필요가 없게 되었다.

"한국에 오실 때까지 이야기한 부분 작업을 해놓겠습니다. 아마도 작업실에 있는 사람들은 믿으려고 하지 않을걸요?"

미국까지 오라고 한 걸 보면 무언가 좋은 소식이 있을 거라고 다들 이야기는 했지만, 실제로 계약까지 하고 할리우드에서 제작이 될지도 모른다는 건 쉽사리 믿지 못할 이야기이다. 게다가 만약에 할리우드에서 제작을 하게 된다면 주혁이 주연배우를 할 수도 있었으니까 얼마나 대단한 일인가.

그것도 아무것도 아닌 신인들의 작품이 그리되었으니 말이다. 학벌이 좋은 것도 아니고, 공모전에 당선이 된 사람도 없었다.

어떤 사람은 루저들의 모임이라고 비하해서 부르기도 했다.

엄청난 상처가 되었지만, 무어라 할 수가 없었다. 사실 내세울 만한 게 아무것도 없었으니까.

하지만 이제는 아니었다.

서준 작가는 한국에 돌아가면 당장 집에다가 이 사실을 알려야겠다고 생각했다.

그렇게 회의를 마치고 주혁은 일정 때문에 외부로 나가고 서준 작가는 자신의 방으로 돌아갔다.

방에는 대표가 노트북을 켜고는 무언가 작업을 하고 있었다.

"뭐하세요?"

"어, 서준 씨 왔어?"

대표는 고개를 이리저리 돌리더니 손을 쭉 뻗고는 기지개를 켰다.

"아이구구. 어깨가 아주 뻐근하네."

그의 말과는 달리 표정은 한껏 웃고 있었다. 계약금이 들어왔기 때문이었다.

다른 사람들은 모르겠지만, 자신은 알고 있다. 이런 일을 하면서 돈을 받는 게 얼마나 어려운 일인가를.

계약을 한다고 해서 어디 계약금이 바로 들어오던가.

받을 건 최대한 빠르게 받으려고 하면서, 줄 건 무진장 늦게 주려고 하는 게 갑의 기본적인 생각이다.

대표는 그나마 이 바닥 경험이 있어서 그런 걸 숱하게 보아 왔다.

그런데 소문대로 미래 컨소시엄은 뭐가 달라도 달랐다.

계약하고는 곧바로 계약금이 들어왔다. 그것도 아주 넉넉한 금액이.

그동안 이래저래 나가는 금액이 많아서 고민이었는데, 한 방에 해결되었다. 그리고 작업이 진행되는 것에 따라서 들어올 금액이 상당했으니, 내년 이후까지도 회사 운영하는 건 걱정하지 않아도 되었다.

"역시 돈이 좋긴 좋아. 통장에 돈이 들어오니까 든든한 거 있지."

"계약금 들어왔나 보네요? 생각보다 빨리 들어왔는데요?"

대표는 한국에 가면 삼겹살 파티라도 열자고 이야기했다. 그동안에는 다들 넉넉지 않은 형편이라 회식을 해도 주점에서 간단하게 했는데, 이번에는 고기를 마음껏 한번 먹어보자는 거였다.

"남의 살도 먹어줘야지."

대표는 손으로 술을 마시는 시늉을 하면서 눈웃음을 쳤다.

*　　　*　　　*

"그래서 지금은 곤란하다?"

"그렇습니다, 보스. 사정이 사정이니만큼 내년 초까지만 기다려 주시지요."

로저 페이튼은 보스의 턱을 보면서 이야기했다.

보스의 눈빛은 마주하기 어려웠다. 그래서 그는 항상 보스와 대화를 나눌 때는 눈이 아닌 입이나 턱을 보면서 말을 했다.

보스는 손가락을 책상을 톡톡 치면서 생각에 잠겼다.

지금 상황이 마음에 들지 않는다는 건 확실했다. 보스의 입가나 말투에서 짜증이 느껴졌으니까.

하기야 이유를 대고 있기는 했지만, 자신의 명령을 거부한 것 아닌가.

로저 페이튼은 제발 무사히 넘어가기를 바랐다. 자신의 의견을 무시하고 상자를 가져오라고 하면 사실 거부하기 어려웠다.

하지만 로저 페이튼이 관리하고 있는 자금과 조직도 보스에게는 굉장히 중요한 것이었다. 그래서 자신의 의견을 완전히 무시할 수는 없으리라 생각하고 있었다.

하지만 보스의 생각은 종잡을 수가 없었다. 지극히 상식적인 사람 같으면서도 어떨 때는 아무도 상상하지 못한 행보를 보이기도 하는 사람이었으니까.

그래서 손가락 소리가 멈추었을 때, 로저 페이튼은 자신도 모르게 꿀꺽 하고 침을 삼켰다. 별것 아닌 상황인데도 긴장이 되었던 것이다.

'손가락으로 책상을 치는 소리로 사람을 긴장시킬 수 있는 사람이 몇이나 될까?'

자신이 아는 한도 내에서는 단 한 명이었다.

다행스럽게도 보스는 로저 페이튼의 의견을 받아들였다. 내년 초까지 상자를 가지고 있으라고 한 거였다.

물론 윌리엄 바사드와의 승부가 끝나면 바로 가져오라고 이야기했고, 동전은 하나만 사용하라는 말도 덧붙였다.

"알겠습니다, 보스. 좋은 소식을 가지고 오겠습니다."

로저 페이튼은 고개를 숙였다. 하지만 그는 머릿속으로 다른 생각을 하고 있었다.

'당신 목이 떨어질 날도 얼마 남지 않았어. 당신 상자는 내가 잘 사용해 주지.'

로저 페이튼은 비릿한 미소를 지었지만, 고개를 숙이고 있어서 보스는 그 모습을 보지 못했다.

그는 곧바로 표정을 바꾸어 아무런 일도 없었다는 듯 밖으로 나왔다.

그리고 자신의 사무실로 돌아와서는 주혁에게 전화를 걸었다.

"공세의 고삐를 조금만 더 당기라고 이야기를 전해주면 좋겠습니다."

―자세한 내용을 이야기하면 그대로 전해주지.

로저 페이튼은 보스가 탐탁지 않게 생각하는 것이 아무래도 마음에 걸렸다. 그래서 상황이 정말로 좋지 않다는 걸 확인시켜 줄 필요가 있다고 생각했다.

주혁은 펜으로 로저 페이튼이 불러주는 이야기를 받아 적었다. 모두 기억하고 있기는 했지만, 중요한 일이니 혹시라도 불확실한 부분이 있으면 안 되기 때문이었다.

"내가 전달하고 확인하는 대로 곧바로 연락을 주지."

주혁은 홍보 일정을 소화하고 있었는데, 마침 쉬고 있는 참이라 바로 전화를 받을 수 있었다.

그는 적어놓은 내용을 윌리엄 바사드에게 알려주었다. 둘이 알아서 잘하고 있으니 자신은 크게 신경을 쓸 게 없었다.

영국에서의 일정이라 조금 이따가 가는 행사를 마치고 왕좌의 게임 촬영팀을 만나러 갈 예정이었다.

특히나 난쟁이 역할을 하고 있는 피터를 만날 생각을 하니 기분이 즐거웠다. 그가 가진 특유의 매력은 언제 보아도 기분을 즐겁게 만들었다.

"그런데 올해 안에 상자를 얻게 된다고 했는데……."

가장 이상하게 생각되는 건 올해 안으로 상자를 얻게 된다는 거였다.

주혁은 분명히 로저 페이튼의 상자라고 생각하고 있었는데, 도대체 무슨 일이 일어나서 상자를 얻게 되는지가 궁금했다.

'내년 초에 보스와의 대결이 있으니 그전에 굳이 로저 페이튼의 상자에 손을 댈 이유는 없는데 말이지.'

주혁은 로저 페이튼의 상자가 있는 곳을 알고 있다. 그래서 기회를 보아 그걸 가져올까도 생각했었다.

하지만 그것보다는 보스와의 대결이 더 중요하다고 생각되었다.

'그래. 보스를 잡으면 게임이 끝나는데, 굳이 그전에 일을 망치는 행동을 할 이유가 없지.'

주혁은 혹시 알란의 예언이 틀린 건 아닐까 생각해 보았다. 운명이 바뀐다고 했으니 혹시 그럴 수도 있지 않을까 생각한 거였다.

하지만 주혁은 이내 고개를 흔들었다. 그럴 가능성은 낮다고 보였으니까.

"그렇게 생각하기보다는 어떤 일이 생겨서 내가 상자를 얻게 된다고 보는 편이 더 맞겠어."

주혁은 연말에 상자를 얻고 내년 초에 보스와 대결을 하게 되면 더 유리할까 하는 생각을 해보았다. 얻고 나서 능력을 개발할 시간이 거의 없으니 더 유리해질지는 확실하지 않지만, 나쁠 거야 있겠는가.

"새로운 상자를 얻으면 나도 예지력 같은 게 생기는 거 아닐까? 아니면 순간 이동 같은 능력이 있었으면 좋겠다. 여기저기 순식간에 이동하면 정말 편할 텐데……."

주혁은 헤벌쭉 웃었는데, 이동해야 한다는 말소리가 들리자 표정을 고치고는 자리에서 일어났다. 그리고 왕좌의 게임 촬영팀을 만나러 간다는 생각에 들뜬 기분으로 발걸음을 옮겼다.

*   *   *

주혁은 홍보 투어 내내 굉장한 환대를 받았다.

모든 곳에서 환대를 받았지만, 분위기는 가는 곳마다 조금씩 달랐다.

많은 사람의 반응을 몇 개의 단어로 규정한다는 게 어불성설이기는 했지만, 전체적인 분위기라는 건 분명히 있었다.

미국에서의 반응을 환호라는 단어로 표현할 수 있다면, 유럽에서의 반응은 호기심이라는 단어가 잘 어울렸다.

그리고 아시아는 열광이라고 하는 게 가장 어울릴 것 같았다.

열기로만 본다면 유럽이 가장 낮고, 아시아가 가장 뜨거웠다.

특히나 유럽에서는 이번 영화에 관심이 있는 사람도 있었지만, 추적자와 같은 주혁의 전작에 관심을 보인 사람도 상당수였다. 아무래도 사람들이 영화를 보는 취향이 조금 달라서 그런 듯했는데, 작품성에 대한 관심이 상당히 높았다.

"제 생각이기는 한데, 미국에서는 저를 히어로로 보고 있었고, 유럽에서는 연기력을 주목하는 것 같았어요. 아시아권에서는 아시아 배우가 할리우드에서 이런 작품을 찍었다는 것에 열광하는 것 같았구요."

"전부 그런 건 아니겠지만, 아마도 그런 사람들이 많을 거야."

주혁은 똑같은 사람을 놓고도 이렇게 다르게 볼 수 있다는 것이 신기했다.

주혁의 말에 김중택 대표가 흐뭇한 표정으로 대답했다.

"그러니까 세상은 넓다고 하는 거겠지요?"

"당연하지. 역사와 문화가 다르니까. 그나저나 정 피곤하면 촬영장에는 가지 않아도 괜찮아. 애들도 이해할 거야."

"그럴 수야 없죠. 늦게라도 간다고 하세요. 오늘 아니면 볼 시간도 없을 것 같으니까요."

아시아에서의 열기가 뜨겁다 한들 어디 한국만 하겠는가. 한국에 돌아온 주혁은 평생 절대로 잊을 수 없는 뜨거운 환대를 받았다.

사람들이 열광하리라는 건 짐작하고 있었지만, 자신의 예상을 훨씬 뛰어넘는 반응이었다.

심지어는 카퍼레이드를 하자는 말까지 나왔다.

오픈카를 타고 도심을 이동하고 건물에서는 종이 꽃가루가 뿌려지는 그런 카퍼레이드 말이다.

주혁은 펄쩍 뛰면서 그건 할 수 없다고 이야기했다.

그래도 그런 제안이 왔다는 것 자체는 기분이 나쁘지 않았다. 아무나 그런 제안을 받을 수 있는 건 아닐 테니까.

"사람들 반응도 좋던데? 시사회 분위기가 꼭 흥행하고 이어지는 건 아니지만, 느낌이 좋아."

"다른 나라에서도 비슷한 반응이었어요. 문화권에 따라서 반응이 다르기는 했지만, 전반적으로 신선하고 재미있다는 평이 많았거든요."

주혁도 투어를 하면서 시사회에서의 반응을 보고는 흥행을 자신하게 되었다. 평론가들도 괜찮은 반응을 보였고, 일반 관객들은 훨씬 반응이 좋았으니까.

"이러다가 아카데미상까지 받는 거 아닌가?

아카데미상.

배우라면 누구나 받기를 원하는 상일 것이다.

그리고 주혁도 당연히 아카데미 남우주연상을 목표로 하고 있었다.

하지만 이번에는 조금 힘들지 않을까 싶었다. 아니, 후보로 올라가기도 어려울 듯했다.

아카데미상은 철저하게 영화인들을 위한 상이다.

그것은 아카데미상을 정하는 방법에서도 명확하게 나타난다.

아카데미상의 후보를 정하는 것도, 수상자를 정하는 것도 아카데미 회원들이다.

아카데미 회원은 배우조합, 감독협회, 촬영감독협회 같은 단체들이 추천하는 인물로 구성된다. 미국 영화 제작에 직접 관여하는 사람들만이 투표권을 가진다고 보면 되는 것이다.

그래서 수상자는 일반인이 생각하는 것과는 조금 다른 경우가 많다.

"아마도 힘들걸요? 이번 작품이 할리우드에서 첫 영화이고, 흥행성 위주의 영화라는 평이 많거든요."

사실이 그러기도 했다.

이번 영화는 정말 기분 좋게 즐길 수 있는 오락 영화로 만들었다.

주혁은 이런 영화도 꼭 필요하다고 생각했다. 대중들이 즐길 거리를 제공하는 것도 의미 있는 일이니까.

하지만 아카데미상은 아카데미 회원들의 마음을 사로잡아야 한다.

그래서 선정 시기가 되면 치열한 홍보 경쟁이 붙기도 하는데, 제프리를 비롯한 제작진은 크게 기대하지 않는 눈치였다.

그들의 이야기로는 후보로 오르지 못할 가능성이 더 많았다.

그리고 주혁도 남우주연상을 받을 정도의 작품은 아니라고 생각했다.

하지만 주혁은 목표로 아카데미와 칸을 생각하고 있었다. 그리고 언제가 될지는 모르겠지만, 반드시 두 상을 손에 거머쥐리라 결심을 굳힌 상태였다.

"투어 준비는 어때요?"

주혁은 미처 생각지 못한 문제가 있다는 걸 깨달았다. 보스와의 대결에만 집중하고 있어서 한류 투어를 미처 생각지 못하고 있었던 것이다.

"연말에 일본과 중국을 시작으로 해서 일정이 잡혀 있지. 연락받지 않았어?"

"아, 받았죠. 그런데 일정에 약간 차질이 있을 수도 있어서요."

물론 받았다. 하지만 보스와의 대결이 워낙 큰일이라서 다른 건 잠시 잊고 있었다. 게다가 그 후로도 엄청나게 바빴다. 정신을 차릴 수 없을 정도로. 윌리엄 바사드와 로저 페이튼 사이의 다리 역할도 하면서, 신작 관련해서 작업을 하면서, 홍보 일정을 돌아야 했으니까.

그나마 한국에 돌아와서야 그 생각이 났으니 다행이었다. 그러지 않았으면 아직도 그런 문제가 있다는 걸 깨닫고 있지 못했을 것이다.

주혁은 최근 들어서 이상하게 깜빡깜빡한다는 생각이 들었다.

'이상하네. 이런 적이 없었는데. 아무리 바쁘더라도 이런 걸 까먹고 그러지는 않았는데 말이지. 보스와의 대결에 너무 흥분해서 그런 건가?

주혁의 이야기에 김중택 대표의 표정이 살짝 바뀌었다. 이번 투어에서 주혁의 존재가 가장 중요하다고 볼 수 있었으니까.

"무슨 심각한 문제라도 있는 건가?"

"그런 건 아니구요. 내년 초에 미국에 꼭 참가해야 할 행사가 있어서요."

"그래? 날짜가 언제인데?"

"그게 날짜가 아직 확실치 않아서요."

주혁은 영화가 개봉하기 전에는 확실하게 알려줄 수 있다고 대답했다.

김중택 대표는 오래 걸리는 일이 아니라는 것에 안도의 한숨을 내쉬었다.

"그 정도면 어떻게든 조정을 해볼 수 있겠어. 그러면 날짜가 확정되는 대로 알려달라고."

"예. 죄송해요. 미리 이야기를 드렸어야 하는 건데."

"괜찮아. 그럴 수도 있는 거지. 하긴 이제는 세계적인 스타인데 일이 생기지 않는 게 더 이상한 일일 거야."

다행히도 김중택 대표는 웃으면서 이해해 주었다.

그러면서도 주혁이 바쁘긴 바쁜가 보다 하고 생각했다.

지금까지 이런 걸 까먹고 이야기를 늦게 한 적이 없었으니까.

'하기야 신경 쓸 일이 어디 한두 갠가. 그렇게 바쁜 와중에도 신작 관련해서도 작업을 했다고 하니까.'

김중택 대표는 이틀 정도 비는 거라면 큰 지장은 없을 것이라고 생각하면서 가능하면 전체 일정에 무리가 없었으면 좋겠다는 생각을 했다.

주혁은 시간이 되어서 홍보 행사에 참석하러 움직였고, 행사를 마치고는 드라마 촬영장에 들러서 소속사 식구들을 응원했다.

일부러 PD에게만 알리고 몰래 찾아와서 촬영장에는 한바탕 소동이 일었다.

주혁은 자신이 생각한 것 이상으로 안정적이고 인상적인 연기를 하는 수현과 소영을 보면서 정신을 바짝 차려야겠다고 생각했다.

둘의 성장 속도가 무서울 정도였기 때문이었다.

그리고 다른 배우들도 좋은 연기를 보여주고 있었다. 얼굴이 잘 알려진 배우는 아니었지만, 자기 역할을 잘 소화하고 있었다.

PD는 배우들이 주혁이 보고 있다는 걸 의식해서인지, 다른 때보다도 집중력이 좋다고 느꼈다. 다른 때도 연기가 만족스러웠지만, 오늘은 다들 자신이 보여줄 수 있는 걸 모두 보여주는 듯했다.

주혁은 흐뭇한 표정으로 그들을 지켜보았고, 쉴 때는 이야기도 나누었다.

다들 주혁의 이야기를 한마디라도 더 들으려고 했고, 주혁은 성심성의껏 자신이 알고 있는 걸 말해주었다.

그가 촬영장에서 떠난 건 12시가 넘어서였다.

하지만 그의 일정이 거기서 끝난 건 아니었다.

창작 집단 사람들과의 만남이 기다리고 있었다.

몸은 피곤했지만, 이런 상황 자체가 즐거웠다.

무언가 하려는 의욕과 열정을 가진 사람들과의 만남은 언제나 마음을 흐뭇하게 했다.

주혁은 그들과 많은 이야기를 나누고는 거의 해가 뜰 때가 되어서야 집으로 돌아왔다.

두어 시간 잠을 청하고는 다시 하루 일정을 시작해야 할 것이다.

그래도 별로 피곤하다고 느껴지지 않았다.

상자의 기운 탓에 체력이 남들보다 훨씬 좋아서 그렇기도 했고, 마음이 즐거워서 피로감을 덜 느끼는 거였다.

모든 것이 잘되고 있었다.

그리고 보스와의 문제도 이제 곧 해결되리라 생각하니 걱정할 게 뭐가 있겠는가.

*   *   *

한국에서의 일정을 마치고 미국으로 다시 들어간 주혁은 미국에서 마지막 홍보 일정을 마치고는 개봉 결과를 지켜보았다.

숨 막히고 압도적이다. 당신은 지루할 틈을 찾지 못할 것이다

시리즈의 새로운 주인공이 산소 호흡기를 떼어냈다

지금까지 경험하지 못했던 전혀 새로운 즐거움을 던지는 영화

호평과 함께 뜨거운 반응이 쏟아졌다. 어떤 기자는 영화에 나오는 모래 폭풍 장면을 빗대서, 이 영화가 극장가를 뒤덮었다고 말하기도 했다.

주혁은 제프리와 브라이언을 비롯한 영화 주요 인사들과 샴페인을 들고 있었다.

"자, 건배!"

쨍 하는 청량한 소리가 울려 퍼졌다.

모든 사람이 한껏 들떠서 소리 높여서 떠들고 있었다.

몇 달 동안 고생했던 기억은 추억이라는 이름으로 포장되어 아름다운 모습으로 저장되었다.

"자네 덕이 큰 것 같아. 아시아에서의 흥행이 아주 인상적이야."

제프리가 주혁에게 말을 걸었다.

미국에서도 상당한 수익을 거두고 있었지만, 아시아에서의 인기가 훨씬 강했다. 극장가를 초토화시키고 있다고 이야

기해도 좋을 정도였으니까.

"맞아. 특히나 액션에 관한 이야기가 많더라고. 전혀 새로운 액션이라고 칭찬들이 자자해. 내가 아는 감독은 동양과 서양의 앙상블이라고 말하더군."

브라이언이 이야기에 끼어들었다.

파워 넘치고 절도 있는 주혁의 액션은 보기만 해도 가슴이 뻥 뚫어질 것 같은 청량감을 주었다.

그렇다고 파괴적으로 보이지는 않았다.

캐릭터가 굉장히 인간적으로 그려져서 묘한 분위기를 자아냈다.

영화에서 공감이라는 건 굉장히 중요하다. 공감이 가야 이해가 될 것이고, 그래야 영화에 몰입할 수 있으니까.

공감이 되지 않으면, 제아무리 멋진 장면이 계속 펼쳐진다 하더라도 영화에 빠질 수가 없다.

그러면 영화관 안에 자꾸만 불이 반짝이게 되는 것이다.

관객이 어떻게 시간이 흘렀는지 모르고 영화를 보아야 하는데, 공감이 가지 않으면 자꾸만 시간을 확인하게 된다. 핸드폰 불빛이 밤하늘의 별처럼 여기저기서 반짝이게 되는 것이다.

"그런가? 내 주변에서는 팀플레이가 좋았다는 말들이 가장 많더군."

제프리는 액션도 훌륭했지만, 팀으로 작전을 수행하는 게 인상적이었다는 말을 가장 많이 들었다고 했다.

특히나 성공과 실패를 거듭하면서 계속해서 긴장감을 유지하는 것도 좋았고, 그걸 팀이 힘을 모아서 해결하는 게 좋았다는 거였다.

"상대가 굉장히 강력했으니까. 이번 작품이 미션 임파서블에 가장 잘 어울린다고들 해. 그만큼 불가능한 임무라는 생각이 들게 만들었으니까."

"악역도 인상적이었다고 하더군. 게다가 매력적인 악당인 교수와 암살자가 서로 협조를 하면서도 반목도 하니까 아주 흥미로웠대."

좋은 요소가 한둘이 아니었다. 그러니 많은 사람들이 열광을 하는 거겠지만.

주혁은 성공적으로 할리우드에 안착한 걸 기쁘게 생각했다.

이제 정말 할리우드에서도 주목을 받는 인사가 된 것이다.

"제프리. 혹시 이런 이야기 어떻게 생각해요?"

주혁은 지금 개발하고 있는 작품에 대해서 이야기를 꺼냈다.

제프리와 브라이언은 주혁의 말에 귀를 기울였다.

"호오. 다른 것보다 설정 자체가 굉장히 흥미로운데?"

"초능력자의 이야기지만, 아주 인간적인 작품인데?"

둘 다 흥미를 보였다.

주혁이 사람을 따로 알아볼 수도 있었지만, 그것보다는 이 바닥을 잘 아는 사람의 도움을 받는 게 좋을 것이다. 그래서 같이 작품을 한 둘과 상의를 하는 거였다. 같이 작품을 할 수 있어도 좋고, 누군가를 소개받아도 좋고.

"오디션이야 전 세계적으로 인기가 있으니까 잘만 활용하면 흥미 요소로는 충분한데, 기존의 것보다는 색다른 게 좀 있어야겠어."

"흐음, 좋은 것 같기는 한데, 나는 잘 모르겠어."

조금 더 자세한 이야기를 듣더니 브라이언보다는 제프리가 더 긍정적인 반응을 보였다.

브라이언은 좋은 작품이라는 생각은 들지만, 자신의 스타일은 아니라고 하면서 한 발 물러섰다.

"이런 성공 스토리는 잘못 건드리면 굉장히 촌스러울 수 있는데, 설정이 아주 흥미로우니까 잘만 만들면 괜찮을 것 같군. 물론 실제로 작품화가 되기까지는 넘어야 할 산이 많겠지만 말이야."

주혁은 가능성은 충분하다고 보았다. CG는 전우치에서 CG를 담당했던 팀에게 맡기고, 오디션 참가자는 아이돌 중에서 고르면 좋겠다는 생각도 했다.

요즘은 아이돌에게 노래뿐 아니라 연기와 외국어도 거의 필수 과정처럼 시켜서 그 부분에 재능을 보인 아이들도 있었다.

물론 할리우드에서 만들어진다면, 주요 배우는 이곳에서 캐스팅을 해야겠지만.

"그렇군요. 조금 더 이야기를 할 수 있을까요?"

"좋지. 잠깐 저쪽에 앉자고."

둘은 구석에 있는 의자에 앉아서 이야기를 나누었다.

그리고 제프리는 상당히 긍정적인 반응을 보였다. 시나리오를 봐야 판단할 수 있겠지만, 지금 자신이 생각하는 그런 느낌이라면 자신도 제작에 참여하고 싶다고 말했다.

"좋습니다. 조금 더 구체적인 자료를 가지고 이야기를 하죠."

주혁은 서준 작가에게 작업에 박차를 가하라고 이야기해야겠다고 생각했다. 그도 분명히 좋아할 거라고 생각하면서 중얼거렸다.

"그래. 꿈을 꾸는 사람만이 성공을 할 수 있지."

*   *   *

"오빠, 혹시 다른 여자 생겼어?"

"그게 무슨 소리야? 요즘 일이 너무 바빠서 그렇다고 이야기했잖아."

김서준 작가는 펄쩍 뛰었지만, 그의 애인 입장에서는 할 만한 말을 한 거였다.

최근에는 바쁘다며 도통 만날 수도 없었고, 연락도 잘 오지 않았다.

사업 때문에 미국에 다녀왔다고 하는데 그것도 믿을 수 없었다.

회사에 다닌다고 한다면야 그럴 수도 있겠지만, 글을 쓰는 사람이 미국에 갈 일이 뭐가 있겠는가.

그리고 지금 입고 나온 옷도 그렇다.

적어도 애인을 만나러 나오는데, 정장은 아니더라도 깔끔하게는 입고 나와야 할 것 아닌가.

집에서 뒹굴다가 바로 나온 사람처럼 입고 나왔으니, 자신에 대한 애정이 식었다고 생각할 수밖에.

그래서 박현미는 그가 다른 여자를 만나고 있다고 의심할 수밖에 없었다.

"정말이라니까. 일이 갑자기 많아져서 그래."

"그래?"

의심의 눈초리를 지우지는 못했지만, 박현미는 그래도 이 남자를 믿고 싶었다. 자신을 속이고 바람을 피울 그런 사람이라고는 생각하지 않았으니까.

요즘 남자 같지 않게 무척 순수한 사람이었다. 그리고 자신의 작품에 열정적인 사람이었고.

'그래. 일이 바빠서 그렇겠지.'

화가 조금 풀린 그녀는 곧바로 본론을 이야기했다.

"우리 이번 크리스마스이브에 뭐할까?"

계속 그랬지만, 이 남자는 먼저 이야기를 꺼내지 않으면 그런 날을 챙기는 법이 없었다.

그러니 이렇게라도 자꾸 옆구리를 찔러야 그날 무언가를 할 수 있다.

하지만 김서준 작가는 주저주저하면서 이야기했다.

"크리스마스이브? 그게… 그날은 만나기가 좀……."

박현미의 눈초리가 매서워졌다.

이게 무슨 말인가.

크리스마스이브에 보기가 어렵다니.

다른 날은 몰라도 그날만은 시간을 내야 할 것이 아닌가. 그녀는 이건 분명히 다른 여자가 생긴 거라고 생각했다.

그녀는 갑자기 서글퍼졌다.

대학교 때 동아리에서 만난 선후배 사이였다가 곧 사귀게 되었다.

군대도 기다렸고, 계속해서 일자리를 잡지 못하고 힘들어

할 때도 옆에서 용기를 불어넣어 주었다.

이제 스물여덟.

많은 나이는 아니지만, 그렇다고 마냥 마음을 놓고 있을 수도 없는 나이였다.

친구들 중에는 벌써 시집가서 애가 있는 사람도 있었으니까.

집에서도 슬슬 시집가야 하지 않겠냐며 압력이 들어오고 있었다.

하지만 그러면 분명히 잘할 수 있으리라 생각하면서 버티고 있는 중이었다.

그런데 바람이라니.

어떻게 자신에게 이럴 수가 있단 말인가.

"저기, 이건 확실해지고 나면 이야기를 하려고 했는데……."

서준은 주저하면서 이야기를 꺼냈다.

현미는 그런 생각을 하고 있는 터에 그가 이런 이야기를 하자 의심이 확신으로 바뀌었다. 그리고 드디어 올 것이 왔구나 하는 생각이 들었다.

"뭔데? 어떤 여자야?"

그녀의 날카로운 목소리가 김서준의 귀를 강타했다.

눈물이 그렁그렁하면서 자신을 쏘아보는 그녀의 눈빛에

그는 당황하면서 양손을 내저었다.

"아니야. 여자라니 무슨 소리야. 그게 아니고 이번에 내가
쓴 작품이 영화로 만들어질 것 같아. 그거 작업하느라고 지금
바쁘거든."

"응? 정말?"

현미의 눈이 동그래졌다.

그렇게만 된다면야 얼마나 좋은 일인가. 그의 작품이 영화
화가 되면, 다른 사람들이 보는 눈도 지금보다 달라질 것이
다.

그리고 벌이도 조금은 나아질 것이고.

솔직한 이야기로 지금은 수입이 전혀 없는 거나 마찬가지
아닌가.

"그래. 영화로 만들어지는 건 거의 결정이 되었거든. 어디
서 만드느냐가 문제긴 하지만. 아. 그리고 내가 받게 되는 금
액도 제법 되거든."

현미의 얼굴에 웃음이 환하게 피어났다.

안 그래도 집에서 아버지와 어머니가 남자는 경제력이 있
어야 한다며 그렇게 반대를 했었는데, 이제는 이야기를 할 수
있을 것 같았다.

물론 많은 기대는 하지 않았다.

이제 첫 작품이니 받아야 얼마나 받겠는가.

애인이 이쪽 일을 하다 보니 자신도 알아볼 만큼 알아보았다. 그것보다는 능력을 인정받은 게 더 기뻤다. 그리고 이제부터 시작이라는 생각이 들었다.

"데뷔하는 작가는 보통 3천 정도지?"

"아, 보통은 그런데 그것보다는 조금 많아. 그리고 작업을 하면서 추가로 나오는 것도 있고."

그녀는 고개를 갸웃거렸다.

생각보다 조건이 너무 좋은 것 같아서였다.

그녀가 사회생활을 하면서 절실하게 깨달은 게 하나 있다.

세상에 믿을 놈 없다는 거였다.

사회생활을 하다 보니 사기꾼이 얼마나 많은지 알 수 있었다.

크게 해먹으려는 사기꾼부터 푼돈을 노리는 사기꾼까지. 세상은 사기꾼들로 넘쳐 났다.

그래서 이 순진한 남자가 누군가에게 당하고 있는 게 아닌가 걱정이 되었다.

"혹시 이상한 데 아냐? 잘 알아보고 하는 거지?"

"그럼. 미래 컨소시엄에서 하는 거야."

"아! 정말? 진짜 잘됐네."

이 바닥에서 실력 있고 대우도 좋기로 소문난 곳이 바로 미래 컨소시엄이다.

그녀가 알아본 바로도 거기가 여러모로 가장 좋았다. 나오는 작품들도 전부 괜찮았고.

"미국에 간 것도 작품 상의하러 간 거야. 거기서 강주혁 씨하고 같이 작업했다니까? 잘하면 이 작품 할리우드에서 찍을 수도 있어."

"정말? 오빠, 진짜지?"

그녀는 날아갈 듯한 기분이었다.

그녀는 자신이 성공한 것처럼 기뻐했다.

그러다가 서준의 손을 잡더니 눈빛을 반짝이면서 말했다.

"오빠. 오늘 저녁에 시간 내라. 우리 동아리 송년회 가자."

"송년회? 거긴 일 때문에 못 간다고 이야기했는데……."

"잠깐만 들러. 그동안 계속 못 갔잖아."

졸업한 직후에야 나갔지만, 서준이 계속 자리를 잡지 못하는 바람에 자연스럽게 자신만 나가게 되었다.

자신은 제법 인기가 있었던 터라 은근히 수작을 걸어오는 남자도 있었고, 여자들은 은근히 애인 자랑을 하기도 했다.

꼴사납게 보였지만, 뭐라고 하겠는가.

그냥 참는 수밖에.

그래서 이번에 가서는 서준이 이런 사람이라는 걸 좀 보여줬으면 했다.

그래야 속이 후련할 것 같았다.

"바쁜데……."

"아무리 바빠도 두어 시간도 못내? 대신에 크리스마스이브는 그냥 넘어가 줄 테니까. 오늘 잠깐만 시간 내."

서준은 현미의 박력에 고개를 끄덕일 수밖에 없었다.

현미는 몇 년 동안 받은 설움을 이번에 전부 날려 버리리라 생각하면서 자그마한 주먹을 꼭 쥐었다.

서준은 사실 크리스마스이브에 현미의 집을 찾아갈 생각이었다.

이제는 당당하게 말할 수 있었으니까.

그런 깜짝 쇼를 계획하고 있었는데, 현미의 저런 모습을 보니 그동안 마음고생이 많았구나 하는 생각이 들었다.

"그래. 까짓 거 가자. 아무리 바빠도 그 정도는 할 수 있지."

그는 잠을 조금 줄여서라도 애인을 기쁘게 해줘야겠다고 생각했다.

지금까지 이렇게 자신이 꿈을 향해 달릴 수 있었던 게 누구 덕분인데, 그런 것도 못 해주겠는가.

서준은 환하게 웃으면서 그녀의 손을 잡았다.

*　　　*　　　*

"일정이요?"

CG 팀장은 오랜만에 주혁의 전화를 받았는데, 잘 있었냐는 인사를 한 후에 곧바로 스케줄을 물어왔다.

당연히 지금도 작업을 하고 있었고, 내년 중반까지 일거리가 있었다. 전우치 이후로 외국에서도 일감이 몰려들었으니까.

그 당시 모인 사람들 상당수가 아직까지 남아서 이곳에서 일을 하고 있었다.

일부는 다시 외국에 있는 원래 직장으로 돌아갔지만, 일부는 의기투합해서 같이 일을 하고 있었다.

그리고 소문을 듣고 합류한 인력도 있었고.

일은 너무 많아서 선별해서 받고 있었다.

한정된 인원으로 몰려드는 일을 모두 소화할 수는 없었다. 그렇다고 인원을 늘려서 작업의 퀄리티를 떨어뜨리는 일은 있을 수 없었다.

그건 작업자로서의 자존심이 허락하지 않았으니까.

"내년 중반까지는 꽉 차 있는데, 왜 그러시죠?"

─내년에 영화 들어갈 게 있는데, 거기 작업을 맡기려구요.

실력은 이미 검증된 상태. 한 번 작업을 해본 경험도 있고, 이번 작품의 컨셉도 잘 소화할 수 있으리라 생각되어서 연락을 한 거였다.

"아, 국내에서 또 작품을 하시나 보죠?"

─아니요. 할리우드에서 찍을 작품이에요.

CG 팀장은 깜짝 놀랐다.

지금 주혁이 이야기하는 건 할리우드 작품의 CG를 전담하라는 거였으니까.

지금도 외주로 할리우드 작품의 일부를 만들고는 있었다. 하지만 외주로 작업하는 것과 전담하는 건 천양지차다.

제프리와 이야기를 해서 이번 작품을 할리우드에서 찍기로 암묵적인 합의를 했다. 시나리오가 조금 더 발전되어야 해서 그걸 보고 계약하기로 했지만, 특별한 일이 아닌 이상 제작이 진행될 것이다.

그리고 이번에는 제작자로 참여하는 정도가 아니라 주혁이 전권을 가지고 끌고 갈 생각이었다.

그래서 하나하나 준비를 하고 있었는데, 그래픽 작업은 전우치에서 호흡을 맞추었던 곳에다 주려는 거였다.

"언제부터 작업에 들어가실 건데요? 저희는 5월은 되어야 할 것 같은데……."

지금 하고 있는 작업이 7월은 되어야 마무리될 것 같았다. 하지만 작업을 맡게 된다고 해도 처음부터 모든 인력이 투입되는 건 아니다.

컨셉을 잡고 작업 방향도 정해야 한다.

그러니 그 작업을 할 핵심적인 인력 몇 명만 투입되면 된다.

그러니 5월부터는 일을 진행할 수 있을 듯했다.

─그 정도면 괜찮을 것 같은데요? 아직 확실치는 않은데, 대략 그 정도에 시작할 것 같거든요.

주혁도 다행이라고 생각했다.

저번에 작업한 것이 너무 마음에 들어서 이번에도 꼭 일을 맡겼으면 했는데, 연락이 너무 늦어서 스케줄이 안 될 수도 있었으니까.

하지만 이번 작품은 처음부터 일이 잘 풀리는 느낌이 들었다.

작품을 보게 된 것도 그렇고, 작가와 만나서 작업을 해보니 서로 호흡이 너무 잘 맞았다.

그래서 내년에 촬영에 들어갈 수 있을 듯했다.

그리고 제프리와 이야기한 것도 잘 진행되었고.

"그러면 지금부터는 본격적으로 팀을 꾸려서 진행을 해야겠어."

주혁은 제프리를 통해서 할리우드 제작진의 도움도 받아야겠지만, 한국에서도 팀을 꾸려서 갈 생각이었다. 그편이 일하기가 더 편했으니까.

"그 문제는 김 대표님하고 상의를 하고, 출연할 아이돌 관련해서는 기 대표님하고 상의를 하면 되겠고……."

이미 이야기의 큰 틀은 만들어진 상태였다.

그리고 그에 따라 주요 인물과 역할도 결정된 상태. 약간의 변동 사항은 있을 수 있겠지만, 큰 틀은 바뀌지 않을 것이다.

그리고 영화에 사용될 음악 중 일부는 승효에게 맡길 생각이었다.

승효는 국내에서 드라마와 영화의 OST 작업을 하고 있었는데, 반응이 상당히 좋았다.

하지만 아직 영화음악 전체를 맡는 건 무리라고 생각해서 일부만 맡겨볼 생각이었다.

미국에서의 일정이 끝나고 한국에 들어가면 한류 투어를 떠나기 전에 그 문제를 확실하게 정리해야겠다고 생각했다.

어느 정도 정리가 되자 주혁은 다른 문제로 생각을 옮겼다.

"그런데 도대체 이 둘은 얼마나 더 치고받으려는 거지?"

로저 페이튼과 윌리엄 바사드의 충돌이 점점 격해지고 있었다. 덕분에 세계 증시가 출렁였다.

코스피도 한때 올해 중반에 2,100이 넘었었는데, 지금은 1,600대에서 움직이고 있었다.

회복이 될 만하면 충격이 가해져서 도무지 올라갈 기미가 보이지 않고 있었다.

1월에는 모든 게 정리될 거라고는 했지만, 생각보다 침체가 오래되고 있다는 생각이 들었다.

그리고 이제 곧 한국으로 돌아가야 하는데, 도대체 언제 상자를 얻게 된다는 건지가 궁금했다.

"어디 있는지도 아는데, 그냥 가서 가져올까?"

하지만 가져올 수는 있지만, 상대가 모르게는 할 수가 없었다.

그러니 보스와의 마지막 대결을 앞두고 공연히 허튼짓을 하는 것 같아서 망설여졌다.

"혹시 보스의 상자 중에서 하나를 얻는다는 건 아닐까?"

주혁은 이태영이나 다른 사람의 기억을 본다거나, 어떤 일이 생겨서 보스의 상자에 대한 정보를 얻을 수도 있겠다는 생각이 퍼뜩 들었다.

만약 그렇게 된다면 더할 나위 없이 좋은 일.

하지만 이제 며칠 뒤면 한국으로 돌아가야 한다. 무슨 일이 생기려면 그 안에는 생겨야 할 것 아닌가.

그런데 그 어떤 일이라는 건 주혁이 생각하지 못한 방식으로 다가왔다.

요란하게 울리는 벨 소리에 핸드폰을 받아보니 로저 페이튼이었다.

"무슨 일입니까?"

─큰일입니다. 보스가 눈치를 챈 것 같습니다.

로저 페이튼은 다급한 목소리로 이야기했다.

갑작스러운 습격을 받았는데, 보스가 데리고 있는 자들이라는 거였다.

가까스로 탈출을 하긴 했는데, 이대로는 위험할 수 있으니 자신을 도와달라는 거였다.

주혁은 알았다고 하고는 곧바로 움직였다.

어떤 식으로든 로저 페이튼을 자신의 편으로 끌어들일 수 있다면 나쁠 건 없다는 생각에서였다.

주혁은 이렇게 해서 상자가 자신의 손에 들어오는 것인가 싶었다.

윌리엄 바사드처럼 상자는 자신이 갖고 이들을 돌보는 그런 시스템으로 가면 되겠다고 생각했다.

로저 페이튼으로서도 받아들일 수밖에 없을 것이다.

자신에게마저 내쳐진다면 자신의 운명이 어찌 될 것이라는 건 자명한 일이니까.

주혁은 재빨리 옷을 입고 그가 이야기한 장소로 움직였다.

CHAPTER **68**
로저 페이튼

로저 페이튼은 다급하게 바위 뒤로 몸을 숨겼다.

아슬아슬하게 불빛이 그가 있던 자리를 스치고 지나갔다.

상대방이 본 건 그저 메마른 땅바닥과 바위뿐이었을 것이다. 자신을 찾는 불빛이 사방에서 번득이고 있었다.

황무지나 다름없는 곳이라 몸을 숨길 곳이 많지는 않았지만, 밤이라서 상대도 자신을 쉽게 발견할 수는 없을 것이다. 자신의 능력을 활용하면 더욱더 그럴 것이다.

"모두 당한 건가?"

총소리가 나지 않는 것으로 보아 자신의 경호원들은 모두

당한 듯했다.

제압을 당한 것이거나.

어느 쪽이든 상관은 없다. 그들이 더 이상 자신에게 도움이 되지 않는다는 점은 변함이 없으니까.

로저 페이튼은 이곳에서 도망치는 것이 가능하리라 생각하고 있었다. 자신의 수하를 호출했으니 한 시간 안에 이 근처로 달려올 것이다. 그리고 주혁도 LA에 있었으니 수하들보다는 조금 늦겠지만, 분명히 올 것이고.

"도대체 어떻게 알았지? 이 사실을 알고 있는 사람은 거의 없는데……"

정확하게 알고 있는 건 자신과 주혁밖에는 없다.

그런데 어떻게 이 사실을 보스가 알았는지 이해가 되지 않았다. 잠시 바위 뒤에 기대서 쉬고 나니 숨이 조금 고르게 되었다.

"운동을 좀 해야겠어. 이 정도 움직였다고 벌써 지치다니 말이야."

그는 이곳에서 빠져나가기만 하면, 체력 관리를 해야겠다고 생각했다.

그러는 사이에도 불빛이 사방을 뒤지고 다녔다. 하지만 워낙 장소가 넓은 데다 어두운 밤이라 로저 페이튼의 위치는 쉽게 발각되지 않았다.

하지만 부스럭거리는 발소리가 가까워지고 있으니 이제는 슬슬 자리를 옮겨야 할 때가 된 듯했다.

발각되었다가는 곧바로 사방에서 총알이 날아들 테니 신중하게 기회를 엿보아야 했다.

로저 페이튼은 미간을 찌푸리면서 정신을 집중했다.

그러자 그의 눈앞에 잠시 후에 벌어질 일들이 주르륵 보이기 시작했다.

영상을 4배속 이상으로 한 것같이 휙휙 지나갔는데, 그는 1분이 조금 넘게 능력을 사용하다가 멈추었다.

"잠시 후에 저기 있는 바위로 옮기면 되겠군."

옆쪽에 대략 20미터 정도 거리에 커다란 바위가 있었다. 일단 거기까지만 가면, 그 뒤는 지대가 조금 낮아서 잘 보이지 않으니 추적자들과의 거리를 제법 벌릴 수 있을 듯했다.

로저 페이튼은 머리를 흔들었다.

능력을 계속해서 사용했더니 뇌를 뾰족한 송곳으로 콕콕 찌르는 것 같은 통증이 느껴졌기 때문이었다.

하지만 그런 통증도 살아 있으니 느낄 수 있는 것이다.

그러니 여기서 무사히 탈출할 때까지는 계속해서 능력을 사용해야 할 것이다.

그는 기회를 보다가 몸을 낮추고 최대한 발소리를 줄이면서 자신이 점찍어둔 장소로 움직였다.

이미 주변 상황이 어떻게 될지를 알고 있어서 그 장소까지 무사히 도착할 수 있었다.

로저 페이튼의 능력은 미래를 보는 거였다.

미래라고 해서 먼 앞일을 볼 수 있는 건 아니었다. 지금으로부터 얼마 되지 않는 시간을 볼 수 있었다.

지금은 능력이 좋아져서 기운을 쥐어짜면 이틀 정도 후의 일까지도 볼 수 있었지만, 그렇게 하고 나면 거의 보름 이상을 앓아누워야 했다.

그래서 그 정도까지 능력을 사용하는 경우는 거의 없었다.

그는 이 능력을 사용해서 부를 축적할 수 있었다.

특히 주식 시장에서 선물과 옵션에 투자해서 큰돈을 벌었던 것이다.

하지만 제약이 없는 건 아니었다.

지금이야 많이 나아졌지만, 초창기만 해도 하루에 한 번이나 두 번 정도밖에는 능력을 사용할 수 없었다.

그리고 결정적으로 다른 상자의 능력이 발휘되는 동안에는 능력이 먹히지 않았다.

아마도 자신의 능력이 상자의 힘을 이기지는 못하기 때문에 그런 듯했다.

하지만 그런 상황이라도 자신의 상자를 작동하면 능력을 사용할 수 있었다.

로저 페이튼이 윌리엄 바사드를 계속해서 누를 수 있었던 이유가 바로 그 점이었다.

　그래서 2008년에 그에게 한 방 먹었을 때, 동전을 사용할까 생각했던 것이다.

　보스의 지시에 따라서 그러지는 못했지만.

　"선물하고 옵션을 할 때만 유용할 줄 알았는데, 지금 같은 상황에서는 정말 좋군."

　상대는 대략 열 명쯤 되었다.

　그는 잠시 휴식을 취하다가 불빛이 주로 다른 쪽을 비출 때를 틈타서 조용히 이동했다.

　그리고 지형지물을 이용해서 들키지 않고 그들과 상당한 거리를 벌릴 수 있었다.

　하지만 아직 안심할 수는 없었다.

　아군이 도착해서 안전해지기 전까지는 계속해서 신경을 써야 했다.

　워낙 외진 곳이라 그런지 오가는 차량도 거의 보이지 않았다.

　10분 전쯤 커다란 트럭이 지나간 게 전부였다.

　"차라도 지나가면 어떻게든 기회를 잡을 수 있을 것 같은데……."

　차량의 불빛이 부담스럽기는 했지만, 좋은 점도 있었다. 소음이 자신의 기척을 가려줄 것이고, 잘만 하면 차에 몰래 올라탈 수도 있었으니까.

텅 비어 있는 도로라서 이곳을 지나는 차량들은 무서운 기세로 질주하기는 했지만, 급한 커브 길에서는 누구나 속도를 늦춘다.

그런 지점을 노리면 트럭의 뒷부분 같은 곳에 몰래 올라탈 수도 있을 듯했다.

자신도 상자의 힘을 받아서 일반인보다는 훨씬 뛰어난 신체적인 능력을 가지고 있었으니까.

거기다가 앞을 볼 수 있는 능력이 더해지면 확률은 훨씬 높아질 터.

로저 페이튼은 그럴 만한 장소가 어디 있을까 길을 둘러보았다.

어두워서 잘 보이지는 않았지만, 차를 타고 올 때 급한 커브가 있었던 게 얼핏 기억났다.

그래서 그 지점이라고 생각되는 장소를 보았는데, 상대도 그리 만만치는 않았다.

혹시라도 그런 일이 있을까 싶어서 커브 길 주변에는 사람을 남겨둔 모양이었다.

커브 길이라고 생각되는 주변을 불빛 두 개가 계속해서 비추면서 돌아다니고 있었다.

둘만 다른 사람들과 떨어져 있는 걸 보니 그럴 가능성이 있다는 걸 그들도 알고 있다는 거였다.

"하기야 보스가 그런 점을 간과했을 리가 없지."

로저 페이튼의 육체적인 능력이 뛰어나다는 사실도 누누이 강조했을 것이다.

그리고 실수를 하면 어찌 된다는 걸 잘 아는 녀석들이니 이렇게 꼼꼼하게 대처를 하는 거였다.

로저 페이튼은 시계를 힐끗 보았다.

수하들이 오려면 얼마나 걸릴지를 계산해 보려는 거였다. 자신의 생각으로는 대략 30분 정도는 있어야 할 것 같았다.

"조금 더 빨리 왔으면 좋겠는데⋯⋯."

이제는 능력을 몇 번 더 사용할 수 있을지 장담할 수 없었다.

가만히 있어도 머리가 지끈거리고 있는 것으로 보아 잘해야 두 번 정도가 아닐까 싶었다.

정말 쥐어짠다고 한다면 세 번.

"십 분에 한 번 정도 사용할 수 있다는 건가?"

그는 일단은 최대한 시간을 벌어야겠다고 생각했다.

지금까지는 상대가 전혀 다른 방향을 수색하고 있어서 마음이 좀 놓였는데, 조금 전부터 방향을 바꾸어 자신이 있는 쪽으로 조금씩 다가오고 있었다.

"일단은 조금 움직여야겠어."

아직은 거리가 조금 있어서 능력을 사용하지 않고 움직이기로 했다.

로저 페이튼은 최대한 몸을 구부린 채 조심스럽게 그들의 포위망을 벗어나기 위해서 몸을 움직였다.

그러면서 이상하다고 생각했다.

보스라면 분명히 자신의 금고를 뒤져서 상자를 챙기려 할 것이고, 그랬다면 저자들이 이렇게 거칠게 나오지는 않았을 텐데 말이다.

"보스답지 않게 왜 이렇게 굼뜬 거야?"

저들이 총만 쏘지 않아도 자신이 탈출할 수 있는 가능성이 높았다.

하지만 지금 저들의 태도를 보니 전혀 그렇지 않았다. 자신에게 총을 난사한 건 자신을 죽이겠다는 거였으니까.

"금고를 빨리 확인했으면 좋겠는데."

로저 페이튼은 일단 이곳에서 빠져나가면 보스에게 제대로 한 방 먹이리라 생각했다.

빠져나갈 수만 있다면 자신에게도 확실한 패가 있으니까.

*   *   *

"아직 찾는 중이랍니다."

셰도우가 핸드폰을 귀에서 떼면서 말했다.

"그렇게 쉽게 잡힐 녀석이 아니지. LA에 있는 그 녀석의 부하들은 잘 정리했겠지?"

"예. 오드아이가 가서 깨끗하게 정리했습니다. 그런데 한 명이 조금 이상한 증상을 보인다고 하는데……."

성별과 나이를 짐작할 수 없는 기계음 같은 보스의 목소리에 셰도우는 바짝 긴장하면서 대답했다.

설마하니 로저 페이튼이 배신을 하리라고는 생각지도 못했다.

그리고 혹시나 불똥이 자신에게 튈까 걱정이 되었다.

"그런 건 신경 쓸 것 없다."

상자의 기운은 인간의 육체가 감당하기 어려운 기운이다. 자신의 목도 그래서 망가진 것이 아니던가.

상자 세 개를 가지고 무리하게 기운을 받아들이다가 육체가 버티지 못하고 이상이 생긴 거였다.

그래서 하나를 다시 로저 페이튼에게 주었다.

그는 상자의 존재를 알고 있는 자이니 다른 자에게 주는 것보다는 그에게 주는 편이 여러모로 좋다고 생각해서였다.

하지만 그렇게 해주었더니 야망을 키우고 있었다.

이상한 증상을 보이는 자는 자신이 기운을 넣어서 이용한

자였다.

가끔 정신을 연결해서 로저 페이튼이 무엇을 하고 있는지 확인을 한 것이다.

그러다가 통화 내용을 몰래 엿듣고 그가 배신을 한다는 사실을 알게 된 거였다.

그 와중에서 능력을 조금 오래 사용했더니 육체가 버티질 못해서 그리된 것이다.

하지만 그게 무슨 상관인가.

보스의 관심사는 오로지 로저 페이튼에게 쏠려 있었다.

이름도 알지 못하는 자가 어찌 되는 것 따위는 안중에도 없었다.

보스는 로저 페이튼이 도망치기는 어려울 것이라고 생각했다. 부하들이 오기를 기다리고 있겠지만, 그들은 움직이지 않을 테니까.

"능력을 사용하는 것도 한계가 있으니 벗어나지는 못할 거야."

그리고 설사 도망친다고 해도 상관은 없었다.

그 녀석의 능력이 그리 대단한 건 아니었으니까.

언제든 처치할 수 있는 그런 녀석이었다.

자신은 상자만 확보하면 된다고 생각하고 있었다.

"그러면 뒤처리를 해야 하는데……."

후임을 누구로 해야 할지는 조금 망설여졌다.

딱히 마땅한 사람이 떠오르지 않았기 때문이었다.

셰도우나 오드아이는 돈과 관련된 일과는 어울리지 않았다. 새로 키우고 있는 이태영도 마찬가지였고.

그리고 이태영은 중요하게 사용할 곳이 있었다.

아직 준비가 덜 되긴 했지만, 반년 정도만 더 키우면 써먹을 수가 있을 것이다.

보스는 막대한 자금을 관리하는 일이니 로저 페이튼의 휘하에 있던 전문가를 시켜 임시로 일을 하게 해야겠다고 생각했다.

'일은 전문가에게 맡기고 오드아이에게 그를 관리하게 하면 되겠군. 그리고 상자는 곧바로 가져오게 하면 마무리가 되는 건가?'

이제는 이 세상에 상자를 가진 사람이 둘로 좁혀졌다. 상자의 존재를 알고 있는 사람도.

'아니야. 아버지가 아직 살아 있을 수도 있지.'

보스는 아버지가 언제까지 자신의 발목을 잡을지 이제는 궁금하기까지 했다. 하지만 결국 승자는 자신이 될 것이라고 자신했다. 아버지도 미처 모르는 것이 자신에게는 있었으니까.

"금고는 어떻게 됐지?"

"지금 확인해 보겠습니다."

셰도우는 핸드폰을 들고 어딘가에 전화를 했다. 로저 페이튼의 금고를 지금 사람들이 열고 있었는데, 거기에다 연락을 한 거였다.

그는 잠시 이야기를 나누다가 보스에게 보고했다.

"조금 전에 금고를 열었답니다."

"그러면 다른 건 그대로 두고 서류들과 레버가 달린 금속 상자만 이곳으로 가지고 오라고 전해."

셰도우는 다시 핸드폰에 대고는 이야기를 했는데, 표정이 조금 이상하게 변했다.

"보스. 서류는 있는데, 금속 상자는 금고 안에 없다고 합니다."

"뭐?"

보스는 소리를 지르면서 자리에서 벌떡 일어났다.

셰도우는 보스가 이렇게 놀라는 모습을 처음 보았다. 도대체 그 상자가 무엇이기에 보스가 이렇게까지 흥분하는지 궁금했다.

"자세히 찾아본 거겠지?"

"물론입니다. 그런 일을 허투루 할 사람들이 아니라는 걸 보스도 잘 아시지 않습니까."

보스는 로저 페이튼이 이미 상자를 다른 곳에 옮겼다는 걸 깨달았다. 언제인지는 모르겠지만, 보험을 들어둔 것이다.

'일이 이렇게 될 경우도 대비한 거야. 여우 같은 자식.'

자신의 목숨을 구해줄 히든카드를 남겨둔 상태.

로저 페이튼이 없다면 상자를 찾을 수 없을지도 모른다는 생각이 드니 보스는 다급해졌다.

"빨리 연락해서 로저 페이튼을 생포하라고 전해. 빨리."

보스는 거친 목소리로 이야기했다. 이렇게 큰 소리를 지르는 것도 흔치 않은 일이었다.

셰도우는 황급히 핸드폰을 들고는 통화 버튼을 눌렀다.

하지만 상대방은 빨리 전화를 받지 않았다.

셰도우는 오늘따라 전화를 늦게 받는다고 중얼거렸지만, 상대는 여전히 전화를 받지 않았다.

보스는 다시 그를 채근했지만, 셰도우는 그저 이리저리 서성이면서 상대가 빨리 전화를 받기만을 바랄 뿐이었다.

같은 시각, 주혁은 차를 몰고 로저 페이튼이 말한 장소를 향해 가고 있었다.

도로에는 오가는 차량도 보이지 않았다.

너무 어두워서 헤드라이트가 비추는 도로 외에는 다른 건 하나도 보이지가 않았다.

주혁은 속도를 높이면서 중얼거렸다.

"늦지 않아야 할 텐데……."

주혁은 멀리서 반짝이는 불빛을 보았다.

제법 먼 거리인 것 같았지만, 어두운 밤이라서 그런지 반짝이는 것이 눈에 확 들어왔다.

여러 개의 불빛이 반짝이는 것으로 보아 저곳에 로저 페이튼이 있을 확률이 높았다.

인기척이라고는 찾아볼 수 없는 황무지 같은 이곳에 화려하게 불빛이 반짝이는 건물이 있다거나, 누군가가 파티를 하고 있을 리 만무했으니까.

주혁은 마치 반딧불처럼 반짝이고 있는 빛을 보면서 중얼거렸다.

"주위가 어두우면, 담뱃불이 1㎞ 밖에서도 보인다고 하더니……."

무조건 로저 페이튼을 구해야겠다고 생각하고는 달려왔지만, 막상 도착했다고 생각하니 조금 난감했다.

상대는 무장을 한 상태였고, 자신은 맨몸이었으니까.

맨손으로 붙는다면야 어떻게든 상대를 할 수 있겠지만, 총을 든 다수와 싸우는 건 미친 짓이었다.

"사람들이 오려면 시간이 걸릴 텐데……."

윌리엄 바사드에게 이야기를 해서 경호원들을 보내달라고 이야기하기는 했지만, 문제는 시간이었다. 최대한 빨리 보내겠다고는 했지만, 그게 언제인지는 알 수 없는 일이다.

주혁은 일단 근처까지 이동하고 분위기를 보기로 했다.

집중해서 여러 가지 생각을 해서인지 아니면 불빛이 있는 곳까지의 거리가 멀어서인지 모르겠지만, 불빛이 빛나는 곳까지는 도착하는 데는 상당한 시간이 걸렸다.

불빛은 좀처럼 커지지 않았는데, 그래도 이제는 빛이 여기저기 움직이는 게 확연하게 느껴질 정도는 되었다.

"여기가 맞긴 한가 본데……."

주혁은 이 장소가 자신이 찾던 곳이라는 걸 확신할 수 있었다.

불빛이 여기저기를 비추면서 돌아다녔기 때문이었다.

누군가를 찾는 것이 아니고는 저런 움직임이 나올 수가 없다.

그러니 로저 페이튼이 이곳에 있는 게 분명했다.

문제는 총을 가지고 움직이고 있는 자들 속에서 어떻게 로저 페이튼을 구해내느냐는 거였다.

잠시 생각을 하니 써볼 만한 방법이 생각나기는 했다.

그 능력을 사용하면 가능성이 있을 듯했다.

하지만 지금까지 한 번도 사용하지 않았던 능력이라 고민이 되었다. 가능성은 충분했지만, 어떤 변수가 있을지 알 수 없었으니까.

그래서 생각만 있었지 쉽게 결정을 내리지는 못하고 있었다.

그가 고민하는 능력은 바로 기억을 조작하는 능력이었다.

'일단 사람이 적게 모여 있는 곳으로 가서 한 명씩 조작을 하면 가능할 것 같기는 한데.'

자신의 생각대로만 된다면야 전혀 문제가 없었다.

하지만 그걸 확신할 수 없다는 게 문제였다.

상대는 총을 들고 있었다.

잠깐의 실수라도 치명적인 결과를 가져올 수 있는 일이니 신중해야 했다.

무슨 일이 벌어질지 알 수도 없고, 어떤 문제가 발생할지도 모른다.

아닌 말로 능력을 사용했는데 상대에게 이상이 생겨서 비명이라도 지르면 어떻게 되겠는가.

모든 것이 확실치 않았다.

그저 이렇게 하면 되지 않을까 하고 짐작만 할 뿐이었다.

가장 좋은 건 이 능력을 사용하는 동안 시간이 멈추어 있고, 상대는 전혀 눈치채지 못한 상황에서 조작이 끝나는 거였다.

그렇게 되면 로저 페이튼을 구하는 일은 식은 죽 먹기가 되는 것이다.

하지만 확실치가 않으니 곤란한 점이 한둘이 아니었다.

하지만 지금으로써는 이 방법이 가장 좋아 보이긴 했다.

윌리엄 바사드가 보내는 지원군이 올 때까지 기다리는 건 시간이 오래 걸리니 그것만 믿고 기다릴 수는 없었고.

주혁은 일단 차를 몰고 불빛이 보이는 곳으로 계속 운전했다.

그리고 이내 사람들이 사방을 뒤지고 다니는 걸 확인할 수 있었다.

불빛이 어지럽게 사방을 비추면서 돌아다니는 게 확연하게 보였으니까.

주혁은 속도를 조금 줄이면서 주변을 관찰하면서 움직였다.

운전을 하던 주혁의 시야에 급한 커브 길 주변에 있는 남자가 보였다.

주혁은 속도를 더 줄이면서 그 남자의 곁을 지나가게 되었는데, 그 남자와 가장 가까워졌을 때 능력을 사용했다.

그 남자의 기억을 보기 위해서였다.

달리던 자동차는 멈추어 있었고, 사람들도 모두 굳어 있었다. 그런데 주혁의 눈에 신기한 것이 보였다.

허공을 비추는 불빛이 조금씩 앞으로 나가는 게 보였던 것이다.

빛이 앞으로 조금씩 움직이면서 주변을 밝히는 모습은 무척이나 신비로운 광경이었다.

경외심마저 드는 모습이라고나 할까. 빛의 맨 앞부분에는 빛의 가루 같은 것이 보이는 것 같기도 했는데, 정말 신비롭고 아름다운 모습이었다.

"시간이 완전히 멈추는 건 아니었구나. 아주 천천히 흐르는 거였어."

신기한 광경이기는 했지만, 그런 것에 정신이 팔려 있을 때가 아니었다.

주혁이 집중하자 눈에서 강한 빛이 남자를 향해 뻗어갔고, 그 남자의 기억을 볼 수 있었다.

주혁은 재빨리 기억을 뒤졌다. 그리고 몇 가지 사실을 확인할 수 있었다.

"아직 로저 페이튼을 찾지는 못했네."

그리고 이 조직의 우두머리가 누구이고, 모두 몇 명인지도 알 수 있었다. 그리고 아주 자잘한 정보들도 얻었다.

주혁은 지금 상태에서 기억을 조작할까 고민했다. 그렇게 되면 일이 무척 수월할 것 같았다.

하지만 다른 사람의 기억을 조작한다는 게 무척 꺼려졌다. 어쩐지 하면 안 되는 일 같다는 생각이 들어서였다.

주혁은 고민하다가 결국 그만두었다.

"다른 방법이 있겠지."

주혁은 능력을 다시 거두어들였고, 속도를 조금 천천히 하면서 계속 앞으로 나갔다.

그는 조금 떨어진 곳에 차를 대고는 기회를 엿볼 생각이었다.

[재미있군.]

상자는 이 광경을 지켜보면서 혼잣말로 중얼거렸다. 당연히 주혁에게는 들리지 않는 목소리로.

자신이 주혁에게 점차 끌리는 것도 바로 이런 점 때문이었다.

예전에 알란에게 끌렸던 것도 마찬가지였고.

둘의 공통점은 욕망에 무너지지 않는다는 거였다.

자신의 욕망을 채우기 위해서 어떤 짓이라도 하는 사람들이 널리고 널렸다.

지금까지 이 세계에서 상자를 가졌던 사람들 대부분이 그랬다.

하지만 알란이나 주혁은 그런 자들과는 조금 달랐다.

[다른 세계에서 경험했던 것을 통틀어도 흔한 케이스는 아니지.]

상자는 그동안 경험했던 수많은 세상의 기억을 떠올렸다. 자신은 지구라는 곳에서 엄청나게 다양한 시간을 경험했다.

언제까지 이곳에서 데이터를 모을지는 모른다. 앞으로도 상당 기간 동안 그럴 것이라 생각은 되었지만.

하지만 이제는 끝이 거의 보이고 있었다.

상자가 이 시간대를 경험한 건 이번이 처음이었다.

그전까지는 모두 지금을 기준으로 과거의 시간대를 경험했었다.

이곳의 책에 나오는 구석기나 청동기 시대부터 시작해서 중세 시대도 겪었다.

같은 시간대도 굉장히 여러 번 경험했다. 이곳 사람들이 흔히 이야기하는 평행 우주. 그 수많은 평행 우주를 옮겨가면서 데이터를 모았다. 그리고 차츰차츰 시간대를 올려서 드디어 지금까지 오게 된 거였다.

그리고 이 시간대 이후로 넘어가지는 않을 것이다.

이곳 시간으로 2012년 12월 21일. 그때가 마지막이었으니까. 앞으로 이 시간대를 적어도 열 번 이상은 겪어야 할 것이다. 다른 시간대도 그랬으니까.

[영화나 드라마를 또 볼 수 있다는 건 즐겁군. 소설도 그렇고.]

만약 주혁이 욕망에 사로잡혀서 능력을 사용했다면 지금처럼 강한 기운을 갖게 되지 못했을 것이다.

서열 2위의 상자를 가진 자가 바로 그렇지 않은가.

알란보다도 오히려 친화력이 더 좋았었다.

하지만 욕망에 사로잡혀서 스스로 타락의 길을 걸은 후로는 친화력이 줄어들었다. 당연히 부작용에 시달려야 했고.

주혁도 위기가 여러 번 있었다.

14년 동안 반복되었을 때, 살인을 할 수도 있었다.

실제로 그런 유혹에 빠진 적이 여러 번 있었지만, 결국 넘어가지는 않았다.

거기서 넘어갔더라면 오늘날 주혁은 없었을 것이다.

상자는 이번 일이 어떻게 매조지될지 궁금해졌다.

이번 일이 운명에 있어서 상당히 중요한 포인트가 되리라고 생각했으니까.

[어떻게 될까? 알란이 본 것은 어떤 것이지?]

다른 상자는 얻을 것이라고 알란이 그랬으니 얻기는 얻을 것이다.

하지만 결과도 중요하지만, 과정도 그에 못지않게 중요하다.

상자는 앞으로 어떤 일이 벌어질지 궁금했다.

상자가 그런 생각을 하고 있는 사이 로저 페이튼은 숨을 헐떡이며 나무둥치에 몸을 기대고 있었다.

그리고 연신 시계를 확인했다.

수하들이 도착할 시간이 이미 지났는데, 아무런 소식도 없었기 때문이었다.

처음에는 조금 늦는 것이려니 했다.

자신이 부른 수하들은 외부로는 알려지지 않은 자들이었으니까.

당연히 그런 사조직 정도는 가지고 있어야 했다. 자신의 안전을 위해서.

하지만 시간이 아무리 흘러도 그들은 오지 않았고, 결국 문제가 생겼다고 생각할 수밖에 없었다.

그렇지 않았다면 벌써 오고도 남았을 시간이었으니까.

하지만 로저 페이튼은 이대로 체념한 채 모든 것을 포기할 수는 없었다.

그래서 최대한 능력을 자제해 가면서 피해 다녔다.

하지만 그것도 이제 한계에 다다른 것 같았다.

이미 두 번의 능력은 사용했다.

자신의 능력이 아니었다면 벌써 붙잡혀서 상황은 끝났을 것이다.

덕분에 지금은 머리가 쪼개질 듯한 고통이 계속되고 있었다.

하지만 이 자리는 어떻게든 벗어나야 했다. 그래야 후일을 도모할 수 있었으니까.

그리고 그 순간 저 멀리서 불빛이 보였다.

로저 페이튼은 순간 망설였다.

주혁이 오는 것이라고 생각되기는 했다. 시간으로만 보면 대충 그랬다.

하지만 아니라면?

이제는 오래 버티기 어려울 듯했다.

능력을 사용하는 것도 한 번이 한계라고 생각하고 있었다. 그러니 지금 능력을 사용하고도 이곳을 벗어나지 못하면 자신은 죽은 목숨이나 마찬가지였다.

로저 페이튼은 혹시나 해서 핸드폰을 꺼내 확인했지만, 역시나 통화가 불가능했다.

통화를 계속해서 차단하고 있는 거였다.

그리고 그 덕에 로저 페이튼을 생포하라는 명령도 전달되지 않고 있었고.

로저 페이튼은 승용차가 다가오는 걸 보고는 입술을 깨물었다.

주혁의 차가 아니더라도 여기서 승부를 보기로 마음을 굳힌 거였다.

그는 머리를 부여잡으며 능력을 사용했다.

그러자 앞으로 벌어질 일들이 눈앞에 떠올랐다.

머리가 찢겨 나가는 것 같은 고통 속에서도 로저 페이튼은 웃을 수 있었다.

지금 오고 있는 차량이 주혁의 것이었기 때문이었다.

그에게 자신의 위치만 알릴 수 있다면 이곳을 빠져나갈 수 있을 것이다.

로저 페이튼은 고통을 참기 어려웠지만, 있는 힘을 짜내서 계속해서 능력을 사용했다.

주혁의 차량이 어떻게 움직이는지와 적들이 어떻게 나오느냐를 확인하기 위해서.

계속해서 움직임을 보았고, 고통 속에서도 그 기억을 머리에 남겨두기 위해서 집중했다.

그리고 주혁의 차량이 가까워져서 그의 얼굴을 확인할 수 있을 정도의 거리가 되었다.

하지만 안타깝게도 갑자기 눈앞이 깜깜해졌다.

그리고 아무것도 보이지 않았다.

고통은 그대로였지만, 사방은 암흑으로 뒤덮여 있었다.

로저 페이튼은 아마도 기운을 모두 사용해서 그런 모양이라고 생각하고는 잠시 자리에 누워서 쉬었다.

고통이 강렬해서 지금 당장은 움직일 수가 없을 것 같아서였다.

하지만 시간이 없었다.

주혁의 차량에 타려면 서둘러 움직여야 했다.

그래서 아주 짧은 휴식을 뒤로하고는 로저 페이튼은 자리에서 일어났다.

그리고 도로를 향해서 움직였다.

그 순간에도 포위망은 점점 자신을 향해서 다가오고 있었다.

"주혁도 분명히 나를 찾고 있을 거야. 그러니까 길가에서 나를 볼 수 있게만 하면 돼."

실제로도 주혁은 혹시라도 로저 페이튼을 발견할까 싶어서 속도도 늦춘 채 천천히 움직이고 있었다.

그렇다고 너무 천천히 움직이면 상대의 이목을 끌 수도 있으니 적당한 속도로 움직이면서 정신을 집중해서 주변을 살폈다.

로저 페이튼은 가쁜 숨을 몰아쉬면서 도로를 향해서 움직였다.

도망 다니느라 체력과 정신력이 모두 방전된 줄 알았는데, 생각보다 빠른 속도로 움직였다.

살길이 보이니 기운이 나는 모양이었다.

그렇게 부지런히 움직여서 드디어 도로 근처까지 올 수 있었다.

주혁의 차는 조금 있으면 이곳을 지날 것이다.

시간은 적당했고, 주혁이 자신만 알아보면 모든 일은 잘 풀릴 것이라고 생각했다.

그래서 헤드라이트가 비출 때쯤 되면 도로로 나가서 자신이 여기에 있음을 알릴 생각이었다.

분명히 뒤를 쫓겠지만, 저들은 지금 차량에서 상당히 떨어져 있었다.

그러니 충분히 벗어날 수 있을 것으로 보았다.

"그래. 여기서 나가기만 하면, 제대로 대가를 치르게 해주지."

로저 페이튼은 보스에 대한 적개심을 불태우며 앞을 노려보았다.

그리고 마음의 준비를 하고는 윗도리를 벗었다.

주혁이 볼 수 있도록 도로로 나가서 윗도리를 흔들 생각이었다.

주혁의 차량은 점점 자신이 있는 곳으로 다가왔고, 추적자들의 불빛도 점점 자신의 근처로 다가왔다.

로저 페이튼은 적당한 타이밍이라고 생각되자 도로로 뛰어 나갔다.

그리고 윗도리를 한 손에 쥔 채, 크게 팔을 벌려서 흔들었다.

"어! 로저 페이튼!"

주혁은 그를 알아보았다.

그래서 바로 속도를 줄였다.

더 지나서 차를 세우고 그를 찾아볼 생각이었는데, 이렇게 눈앞에 나타나 주니 다행이라 여겼다.

　로저 페이튼은 주혁이 자신을 알아본 것을 확인하고는 차를 향해 달렸다.

　조금이라도 더 빨리 차에 올라타기 위해서였다.

　하지만 로저 페이튼을 본 것은 주혁만이 아니었다.

　헤드라이트 안에서 크게 활갯짓을 하는 걸 다른 사람도 본 것이다.

　로저 페이튼은 차량을 향해서 달렸는데, 많은 불빛이 자신을 향해서 쏟아진다는 걸 알았다.

　"젠장."

　그는 이를 꽉 물고 다리에 힘을 주었다.

　"탕!"

　로저 페이튼은 순간 움찔했다.

　사실 총소리를 들었다는 건 자신이 멀쩡하다는 걸 뜻한다.

　총알이 소리보다 빠르니 만약 총에 맞았다면, 총소리가 들리기 전에 고통을 느꼈을 것이니까.

　하지만 그런 걸 알고는 있었지만, 몸이 저절로 움츠려지는 건 피할 수가 없었다.

　그리고 총알 한 방을 피했다고 문제가 끝난 게 아니었다.

　총알은 아스팔트와 부딪치면서 불꽃을 튀겼다.

적들이 자신의 위치를 정확하게 파악했다는 의미.

도로에서 팔이나 휘두르면서 있을 때가 아니었다.

"탕! 탕! 탕!"

여러 발의 총성이 밤의 적막을 깨뜨렸다.

하지만 로저 페이튼은 이미 몸을 피한 뒤였다.

그는 납작 엎드려서는 몸을 굴려 불빛에서 벗어나 있었다.

"탁! 탁! 탁!"

총알은 모두 도로를 때리면서 라이터돌이 부딪치면서 나는 것 같은 작은 불꽃을 만들었다.

플래시의 불빛이 여기저기를 비추며 로저 페이튼을 찾고 있었지만, 도로 아래에 몸을 웅크리고 있는 그를 쉽게 찾지는 못했다.

그는 굳이 지금 움직일 생각이 없었다.

주혁의 차가 오면 그때 안전하게 움직여도 되니까.

그는 불빛에 몸이 드러나지 않게 더욱 몸을 낮추고는 잔뜩 몸을 웅크렸다.

그의 모습이 드러나지 않자 잠시 총소리가 잦아들었다.

그사이에 주혁의 차량은 계속해서 다가오고 있었다.

그리고 차 안에 있는 주혁의 얼굴이 보일 정도가 되었다.

이제 차가 멈추면 자신은 차를 방패 삼아 차에 오를 것이고, 그렇게 되면 모든 상황은 종료된다.

로저 페이튼은 다행이라고 생각하면서 크게 심호흡을 하다가 갑자기 고개를 갸웃거렸다.

아까 본 것이 바로 여기까지였는데, 갑자기 이상한 기분이 들었기 때문이었다.

별것 아닌 일일 수도 있었다.

기운이 다해서 거기까지밖에 보이지 않았을 수도 있는 거니까.

하지만 자꾸만 이상한 느낌이 들었다.

그러다가 로저 페이튼은 자신의 몸에 몇 개의 붉은 점이 있다는 사실을 깨달았다.

그리고 그 선의 연장선에는 야시경을 낀 사람 몇이 있었다.

그는 후다닥 일어나서는 달려 나갔다.

"탕! 탕!"

두 발의 총성이 울렸는데, 로저 페이튼은 그전에 이미 먼저 화끈한 것이 몸을 뚫고 지나가는 걸 느꼈다.

그리고 강한 전기에 감전이 된 것 같은 느낌이 들었다.

"이거였나?"

로저 페이튼은 모든 걸 알 수 있었다.

능력을 사용했을 때, 어둠이 보인 것은 자신이 더 이상 무언가를 볼 수 없었기 때문이었다.

그리고 시간이 빨리 흐르고 자신이 통증을 느껴서 미처 보지 못한 걸 볼 수 있었다.

그가 마지막으로 본 건 작은 불꽃이었다.

그 불꽃은 점점 작아지더니 꺼져 버렸고, 이내 어둠만이 가득했다.

주혁은 총소리에 깜짝 놀랐다.

앞에 보이는 로저 페이튼을 향해서 총알이 날아든 것 같았다.

그래서 그가 무슨 일을 당하기 전에 구해야겠다고 생각했다.

하지만 그가 바란 것은 이루어질 수 없었다. 로저 페이튼이 총을 맞고 쓰러지는 모습이 눈앞에 보였으니까.

로저 페이튼은 도망치려 하다가 총을 맞고 쓰러지고 있었다. 주혁은 그 순간 능력을 사용했다.

왜인지는 모른다.

하지만 자신도 모르게 능력을 사용했다.

로저 페이튼이 쓰러지는 걸 보자마자 곧바로 능력을 사용했고, 그 순간 세상은 멈추었다.

로저 페이튼은 피를 뿌리면서 허공을 허우적거리고 있었다. 표정은 기괴하게 일그러져 있었고, 눈동자는 탁하고 흐린 것이 생기가 거의 없는 것처럼 느껴졌다.

주혁은 뜬금없게 공중에 둥실둥실 떠 있는 핏방울이 빛을 받아 반짝이는 게 무척 아름답다는 생각이 들었다.

그러는 와중에도 빛은 로저 페이튼을 향해 날아갔고 그의 머리를 감쌌다.

그리고 그의 기억이 주혁의 눈앞에 주르륵 펼쳐졌다.

주혁의 눈에 가장 먼저 들어온 것은 상자와 관련된 기억이었다.

"상자를 옮겼네?"

주혁의 능력이 강해져서인지, 로저 페이튼이 죽어가고 있어서인지는 모르겠지만, 그가 숨기려고 했던 기억도 아주 손쉽게 볼 수가 있었다.

다만 보스가 손을 댄 기억들은 여전히 그대로였다.

주혁은 얼마 전에 그가 상자를 다른 곳으로 옮겼다는 사실을 알아냈다.

아주 평범한 중산층이 사는 동네에 있는 집이었는데, 그 집의 숨겨진 지하실에 금고가 있었다.

열쇠도 자신이 아는 장소에 나누어서 숨겨놓았다.

주혁은 주로 상자와 관련된 기억을 살폈다.

그리고 쓸 만한 정보를 모두 보았다고 생각하자 보스와 관련된 기억도 확인을 할까 고민했다.

"아니야. 굳이 내가 여기에 왔다는 걸 알릴 필요가 없지."

만약에 자신이 이곳에 왔다는 걸 모르게 할 수 있다면, 여러모로 도움이 되겠다는 생각이 들었다.

그래서 주혁은 자신과 관련된 기억을 모두 지울 수 있는지 해보기로 마음먹었다.

생각보다는 어렵지 않았다.

기억을 찾는 것이나 지우는 것이나 크게 다르지는 않았다.

자신의 의지가 중요했다.

주혁은 자신과 관련된 기억을 하나씩 지워 나갔다.

다른 건 남겨두고 이곳에 왔다는 것만.

전화를 받은 것부터 자신을 기다리면서 한 생각, 그리고 자신을 본 것까지.

그리고 잠시 고민하다가 열쇠와 관련된 기억도 지웠다.

혹시라도 보스가 로저 페이튼의 기억을 볼 수도 있다고 생각해서였다.

모든 작업을 마치고는 능력을 거두어들였다.

주혁은 로저 페이튼을 피해서 핸들을 돌리고는 곧바로 오던 방향으로 그대로 운전했다.

다행스럽게도 총을 쏜 사람들은 주혁이 탄 자동차에 대해서는 별다른 신경을 쓰지 않는 듯했다.

그리고 부리나케 도망가듯 속도를 높이는 걸 이상하지 않게 여기는 듯 보였다.

하기야 그런 상황에서 차에서 내려서 살피거나 하는 사람이 어디 있겠는가.

그저 빨리 그 장소를 벗어나려고 하는 게 정상일 것이다.

그렇게 주혁은 차를 몰고 가면서 지도를 확인했다.

열쇠를 찾기 위해서였다. 열쇠를 챙겨서는 상자를 먼저 손에 넣어야 하니까.

그렇게 로저 페이튼의 시체를 남기고 주혁은 떠나갔고, 사람들이 하나둘 로저 페이튼의 시체 주변으로 모여들었다.

남자 한 명이 플래시를 빙글빙글 돌려 작전이 완료되었다는 신호를 보냈고, 차량에 남아 있던 사람이 통화를 차단하는 장치를 껐다.

그러자 곧바로 요란한 소리를 내며 리더의 핸드폰이 울렸다.

세도우가 전화를 한 것임을 확인하고는 리더는 재빨리 핸드폰을 받았는데, 곧바로 귀에서 떼어냈다.

*　　*　　*

보스는 로저 페이튼의 시체를 차가운 눈으로 내려다보았다.

"나를 배신한 자의 최후치고는 너무 깔끔했어. 그렇지 않나?"

"붙잡히면 어떻게 된다는 걸 잘 알고 있었을 테니, 오히려 다행이라고 생각했을 겁니다."

배신을 했으니 차라리 죽은 게 나았다.

산 채로 잡혀 왔으면 차라리 죽고 싶어졌을 테니까.

셰도우의 말에 보스는 코웃음을 치더니 시체에 가까이 다가갔다.

로저 페이튼. 야망이 큰 인물이라는 건 알고 있었지만, 설마하니 지금 같은 중요한 시기에 자신을 배신할 줄은 몰랐다.

아니, 그로서는 절호의 기회라고 생각했을 수도 있다.

사실 지금이 아니었으면 로저 페이튼은 어떤 기회도 잡지 못했을 테니까.

그러니 승부를 걸 거였으면 지금이 최고의 타이밍이긴 했다.

상대가 나빴을 뿐이지.

어차피 그의 운명은 거기까지였을지도 모른다.

2인자의 그늘에서 벗어날 수 없는 운명.

하지만 그런 건 보스에게는 아무런 감흥도 주지 못했다.

문제는 그가 가지고 있는 상자였다.

그래서 그가 죽지 않기를 진심으로 바랐다.

살아 있는 편이 상자의 소재를 파악하기가 훨씬 쉬웠으니까.

인간의 기억은 죽음과 동시에 사라지기 시작한다.

특히나 뇌를 다치기라도 하면 기억은 정말 엉망진창이 된다.

그렇지만 다행스럽게도 뇌는 멀쩡한 듯했다.

그래서 최대한 빨리 시체를 가지고 오라고 명령했고, 전용기를 이용해서 곧바로 이리로 가져온 것이다.

보스는 시체를 노려보다가 자신의 능력을 사용했다.

그의 눈이 검은색으로 변하더니 뭉클뭉클한 연기 같은 것이 흘러나와 코와 귀를 통해 그의 몸속으로 들어갔다.

그리고 흘러들어 간 연기는 그의 뇌로 향했다.

그러자 보스는 로저 페이튼의 기억을 볼 수가 있었다.

그는 다른 건 제쳐 놓고 일단 상자와 관련된 기억부터 살폈다. 지금 가장 중요한 건 상자의 행방이었으니까.

'역시나 상자를 옮겼군.'

확실히 죽은 뒤라서 그런지 기억이 온전하지는 않았다.

사라진 기억도 드문드문 있었고, 희미해진 기억도 보였다. 하지만 생각보다 기억이 많이 사라지지는 않은 듯했다.

무척 다행이라고 생각하면서 기억을 더듬었다.

그리고 그가 상자를 감추어둔 장소가 어디인지 알아냈다.

몇 가지 불확실한 부분이 있기는 했는데, 어차피 금고를 통째로 가져오면 된다.

그래서 그 장소만 정확하면 문제가 될 건 없다고 보았다.

'그 자동차는 정말 별것 아니었나?'

로저 페이튼이 죽었을 때, 자동차가 한 대 지나갔다는 이야기를 들었다.

총소리를 듣고는 황급히 달아났다고 했고, 지금 기억을 보니 별문제가 된 건 없었다.

그 차에 어떻게든 타야겠다고 생각을 했지만 실패했으니까.

그리고 차에 탄 사람과는 어떤 접점도 없었다.

그저 로저 페이튼의 옆을 그냥 스치고 지나갔을 뿐이다.

'분명히 지나간 자동차는 트럭 한 대와 승용차 한 대뿐이라고 했지?'

기억의 일부가 사라지기는 했지만, 지금 있는 기억만 보아도 큰 문제는 없어 보였다.

그래서 그는 작업을 마무리했다.

마지막으로 그는 로저 페이튼의 몸에 남아 있었던 자신의 기운을 회수했다.

그러자 그의 몸이 살짝 쪼그라드는 것 같은 변화가 일어났다.

보스는 지체하지 않고 셰도우에게 명령했다. 자신이 이야기하는 장소로 가서는 금고를 회수해 오라고.

명령을 받은 셰도우는 사람들을 이끌고 즉시 움직였다.

보스는 잠시도 쉬지 않고 계속해서 서성이면서 연락이 오기만을 기다렸다.

시간이 얼마나 흘렀을까.

셰도우가 나갔을 때는 밖이 훤했는데, 지금은 사방이 어둑어둑한 것으로 보아 상당한 시간이 흘렀다는 걸 알 수 있었다.

그리고 드디어 기다리던 연락이 왔다.

"그래, 금고는?"

―말씀하신 곳으로 가니 지하실로 내려가는 문이 숨겨져 있었고, 그 안에 금고가 있었습니다.

보스는 크게 숨을 내쉬었다.

이제는 모든 게 정리되었다는 생각을 해서였다.

상자를 가져오고 나면, 이태영을 준비시키는 데 신경을 더 써야겠다고 다짐했다.

그래야 주혁과 마지막 일전을 치를 수가 있으니까.

그리고 그 결과는 자신의 승리로 끝날 것이다.

그렇게 되면 드디어 모든 상자가 자신의 손에 들어오는 거였다.

얼마나 오랜 시간동안 원했던 일인가.

그 오랜 염원이 이제 반년 정도만 있으면 이루어진다.

하지만 다음 이야기를 들은 보스는 전화기를 떨어뜨렸다.

─그런데 금고가 열려 있고, 안이 텅 비어 있습니다. 누군 기가 먼저 와서 물건을 전부 가져간 것 같습니다.

*   *   *

주혁은 상자를 빙글빙글 돌리면서 웃었다.

생각보다는 쉬운 일이었다.

열쇠가 어디에 있는지도 알고 있었고, 상자가 있는 장소도 알고 있었으니까.

혹시라도 문제가 될까 싶어서 CCTV에 드러나지 않게 조심 하는 것 외에는 전혀 어려움이 없었다.

[새로운 상자를 얻었군. 그놈은 세 번째 상자로군.]

상자가 말을 걸어왔다.

주혁은 즐거운 마음으로 대화에 응했다.

로저 페이튼이 죽었다는 사실에 마음이 편치는 않았다.

악당이라고는 해도 살아 있던 사람이 자신의 눈앞에서 죽 는 걸 보는 게 기분 좋을 리는 없었으니까.

하지만 죽어도 마땅한 사람도 있는 법이다.

주혁은 그가 자신이 지은 죗값을 받았다고 생각했다.

그래서 동전을 사용해서 살려줄 수도 있었지만, 그러지 않왔다.

이제는 대결 구도가 아주 단순해졌다.

보스와의 일전을 통해서 승부가 나면 모든 게 결정되는 것이다.

[참, 이 상자도 내가 피를 떨어뜨려서 계약을 해야 하나?]

[그래도 되고 그렇지 않아도 된다.]

상자는 그 상자만 따로 쓸 생각이면 따로 계약을 하고, 그렇지 않을 거면 그냥 같은 장소에 두면 된다고 했다.

그러면 상자는 저절로 합쳐지니까.

주혁은 어떻게 할까 고민했다.

[혹시 한번 합쳐지면 분리를 할 수는 없는 건가?]

[그렇지는 않다. 원하면 분리를 할 수도 있다. 그건 그다지 어려운 일이 아니야.]

상자는 합체가 기본 옵션이지만, 원하면 전부 분리할 수도 있다고 했다.

하지만 굳이 그럴 필요가 있느냐고 물었다.

어차피 합체된 상태나, 분리된 상태나 기능은 똑같다.

그 상자의 기능을 사용하려면, 그 상자의 것에 해당하는 투입구에 동전을 넣고 작동시키면 되니까.

그러니 합체된 상태가 더 좋다고 볼 수 있다.

개별적인 기능도 사용할 수 있고, 두 기능을 연계해서 사용할 수도 있으니까.

그리고 전달되는 기운에도 차이가 있다고 했고.

[그러면 굳이 별도로 계약을 할 필요는 없겠네.]

주혁은 이 상자는 또 어떤 능력을 가지고 있을지 궁금했다.

그리고 이 상자가 자신에게 어떤 변화를 가져올지도.

CHAPTER **69**
상자의 비밀

주혁은 상자를 가지고 한국으로 돌아왔다.

어떤 기능을 가지고 있는지는 아직 확인하지 못했지만, 특별히 궁금하지는 않았다.

지금 있는 두 상자의 기능만 가지고도 부족함이 없었으니까.

하지만 상자는 별것 아니라는 듯 이야기를 해주었다.

로저 페이튼이 가지고 있던 상자는 지금 주혁이 가지고 있는 상자의 미니 버전이라고 보면 되었다.

세 개의 숫자판이 있는데, 앞의 두 자리는 얼마만큼 과거로 돌아갈 것인지, 뒤의 숫자판은 하루가 며칠 반복될 것인지를 나타내는 거였다.

그리고 조금 독특한 것도 있었다.

[우선권을 가진다. 하지만 큰 의미가 있다고 보기는 어렵겠지.]

[아, 그래서 그때 내 상자의 숫자는 돌아가지 않았구나.]

주혁은 예전 기억이 떠올랐다. 상자의 숫자가 줄어들지 않아서 당황했던 그때를.

시간의 틈에 갇혀서 이대로 인생이 끝나는 게 아닌지 고민을 했었다.

지금이야 이렇게 웃지만, 그 당시에는 정말 심각한 일이었다.

그게 다 로저 페이튼의 상자가 우선권을 가지고 있어서 그런 거였다.

하지만 주혁이 가장 서열이 높은 상자를 가지고 있어서 신경을 쓰지 않아도 되는 거였지, 서열이 낮은 상자의 경우에는 엄청난 문제가 된다.

서열이 낮은 상자는 우선권에 잡아먹히니까.

주혁은 서열이 높은 상자를 가지고 있어서 숫자가 줄어들지 않고 그대로였지만, 서열이 낮은 상자는 숫자도 흘러간다. 그러니 동전을 사용하고도 아무것도 하지 못하게 되는 것이다.

그래서 윌리엄 바사드는 과거로 돌아갔다가 갑자기 숫자가 25에서 0으로 줄어든 걸 본 경험이 있었다.

그러니 같이 동전을 사용하면, 윌리엄 바사드는 죽었다 깨나도 로저 페이튼을 이길 수 없는 거였다.

하지만 주혁은 처음부터 신경 쓰지 않아도 되었다.

하지만 이제는 그런 게 별다른 의미가 없다고 느껴졌다. 이제는 과거로 돌아가는 그런 것보다는 보스와의 대결에 초점을 맞추어야 한다고 생각되었다.

그래서 상자의 기능보다는 어떤 능력이 새로 생길까 하는 점에 더 관심이 쏠렸다.

"어떤 능력이 생길까?

하지만 상자를 넣으려고 하다 보니 여러 생각이 들었다. 그동안 상자의 정체에 관해서 생각해 본 적도 많았다. 하지만 워낙 신비로운 물건이라 도저히 가늠이 되지 않았다.

'정말 상자가 합쳐지리라고는 생각지도 못했는데……'

주혁은 상자가 합쳐진 걸 봤을 때의 황당함을 잊을 수 없었다. 정말 한동안은 멍하니 바라보기만 했다.

왜 그러지 않겠는가.

상자가 제아무리 신기한 물건이라고 할지라도 저절로 합체가 되리라 누가 생각하겠는가.

하지만 그 문제에 관해서는 잊고 있었다. 워낙 해결해야 할 일도 많았고 신경 쓸 문제도 넘쳐 났으니까.

그런데 생각을 해보니 정말 어떻게 합체가 되는 건지 궁금했다.

주혁은 머릿속으로 상자 두 개가 합쳐지는 장면을 상상해보았다.

상자에 금이 생기고 균열이 생기면서 형태가 마구 변했다. 안의 기계장치가 보였고, 두 상자가 서로 맞물려서 결합하면서 점차 하나의 상자로 변해갔다.

'꼭 트랜스포머 같은 느낌인데?'

트랜스포머가 상각이 나지 않을 수가 없었다.

변신 로봇을 연상하게 하는 외계 생명체가 나오는 영화였으니까.

2007년에 나와서 선풍적인 인기를 끌었던 작품.

올해 벌써 시리즈의 세 번째 작품이 나왔다.

올여름에 트랜스포머 3가 일으킨 열풍은 대단했다.

만약 주혁이 주연을 한 미션 임파서블이 아니었다면, 2011년 최고의 흥행 작품은 트랜스포머가 되었을 것이다.

하지만 아쉽게도 트랜스포머는 미션 임파서블에 이어 2위가 될 것이 거의 확실했다.

그런데 만약 정말 외계에 그런 기계 문명이 있다면, 이 상자는 거기서 온 물건일 것이라는 생각이 들었다.

사실 상자는 지구의 것이라고는 볼 수 없었다.

여러 가지 정황으로 보아 마야 문명과 관련이 있는 것 같기는 했는데, 그래도 지구인이 만든 거라고는 생각되지 않았다.

'아니지. 아틀란티스나 뮤 대륙과 같은 이야기도 있긴 하지.'

아무리 생각해도 해답은 얻을 수 없었다.

그리고 상자도 거기에 관해서는 이야기를 해주지 않았고.

주혁은 오랜만에 자신의 방바닥에 있는 문을 열고 그 아래에 있는 금고를 보았다.

온갖 장치가 붙어 있어서 주혁의 생체 정보가 아니면 열리지 않게 되어 있었고, 이상이 생기면 바로 전담 팀에게 연락이 가서 5분 내로 이 장소에 도착하게 되어 있었다.

그리고 무리하게 열려고 하면 폭파되어 땅속에 묻히게 되어 있었고.

하지만 사실 이런 것도 상자의 주인 앞에서는 무용지물일 수 있다. 어떤 방비를 해놓아도 반복해서 파훼법을 찾다가 보면 언젠가는 찾을 테니까.

그래서 보다 안전하게 할 수 있는 방법을 강구하고 있었다.

쉽게 떠오르지는 않았지만, 지금보다는 더 안전하게 보관해야 안심이 될 것 같았다.

상자를 세 개나 얻게 되니 그런 점에 더 신경이 더 쓰였던 것이다.

"있어보자. 이제 홍채 검사를 하면 되는 건가?"

주혁은 마지막으로 홍채 확인을 받기 위해서 눈을 가져다 댔다.

그리고 녹색으로 신호가 바뀐 것을 확인하고는 금고에 손을 댔다.

금고 문을 여니 안에는 자신이 가져온 상자보다 커다란 상자가 먼지 하나 없이 반짝이고 있었다.

그리 오래된 것 같지는 않은데 조금은 낯설게 느껴졌다.

"다시는 못 볼 모습이라고 생각해서 그런가?"

주혁은 상자를 안에 있는 상자 옆에 조심스럽게 내려놓았다.

상자가 어떻게 합쳐지는지 궁금하긴 했지만, 계속해서 그걸 지켜보고 있을 수는 없는 일.

하지만 주혁은 금고의 문을 닫기 전에 상자에게 질문을 던졌다.

[합쳐지는 데 얼마나 걸리지?]

[대략 일주일 정도라고 생각하면 될 것 같다.]

생각보다 오래 걸린다는 느낌이 들었다.

아마도 전에는 금방 합쳐졌다고 생각해서 그런 듯했다.

넣어두었더니 어느샌가 합쳐져 있었으니까.

"일주일이라. 그러면 한류 투어를 떠나기 전까지는 가능하겠네."

주혁은 고개를 끄덕이면서 금고 문을 닫았다.

투어를 가기 전에 해야 할 일이 한두 가지가 아니었다.

그래서 일단 회사로 가서는 업무를 보았다.

그리고 회사와 집을 오가는 일정이 반복되었다.

며칠 후, 주혁은 일을 마치고 집으로 돌아와서는 전화를 걸었다. 섭외를 하기 위해서였다.

"피터. 잘 지냈어요?"

ㅡ오, 친구. 갑자기 어쩐 일이야?

주혁은 피터에게 연락을 했다. 그리고 진행하고 있는 작품이 있는데, 출연을 할 의향이 있는지 물었다.

ㅡ음악을 통해 각자 삶의 의미를 깨닫게 되는 영화라…….

"그래요. 피터가 어울릴 것 같은 캐릭터가 있어서요."

사실은 피터를 염두에 두고 있는 캐릭터였다.

왕좌의 게임은 내년 초면 촬영이 마무리되니 문제는 없을 것이다.

자신의 영화는 5월은 지나야 촬영에 들어갈 수 있을 테니까.

피터는 작품과 캐릭터에 관해서 여러 가지 질문을 던졌고, 주혁은 자신이 생각하는 바를 이야기해 주었다.

피터도 확실히 관심을 보였다.

─흥미롭긴 하네. 그런데 캐릭터는 조금 괴팍해도 좋겠는데?

확실히 피터는 감각과 안목이 뛰어났다.

주혁도 그 점을 생각하고 다소 손을 보고 있는 부분이었으니까.

그 외에도 몇 가지 부분에 관해서 이야기를 나누었다.

"그나저나 다들 잘 있죠?"

─그럼. 촬영하느라 정신이 없지.

피터는 이번에도 기대를 해도 좋을 거라면서 호언장담했다.

기대를 저버리지 않을 거라면서 크게 웃었는데, 주혁은 직감적으로 무언가 또 충격적인 장면이 있다는 걸 알았다.

솔직한 이야기로 주혁은 그런 전개가 마음에 들지는 않았다.

하지만 그것이 이 작품을 매력적으로 만드는 요소 중 하나였다.

우리가 흔히 알고 있는 클리셰를 따라가지 않는다는 점. 그래서 예측을 할 수 없게 만든다는 것이 큰 매력이었다.

사실 추적자도 그런 점에서 성공한 케이스였다.

다들 여자가 온갖 고생을 하다가 탈출을 하고, 범인이 잡힐 거라고 생각했을 것이다.

하지만 이야기는 그렇게 흘러가지 않았다.

물론 클리셰를 따라가지 않는다고 모두 매력적인 작품이 되는 건 아니다.

오히려 대중들이 외면할 가능성이 더 크다.

그걸 이겨낼 정도로 매력적인 무언가가 있어야 한다.

그런 작품을 만들면 기존의 작품들보다 더 큰 갈채를 받게 되는 것이다.

추적자가 그랬고, 왕좌의 게임이 그랬다.

그리고 이번에 만드는 자신의 작품도 그렇게 될 것이다.

주혁은 그런 생각을 하면서 넌지시 어떤 내용이냐고 물었지만, 피터는 이번에도 웃으면서 대답을 피했다.

"여전하네요. 알겠어요. 그러면 제가 조금 더 자세한 내용을 정리해서 보내죠."

피터는 일단 살펴보기는 하겠다고 말했다. 크게 기대는 하지 말라고 하면서.

하지만 그의 목소리에서 기대를 하고 있다는 게 느껴졌다.

"그럼 좋은 소식 기대해도 되겠죠?"

―글쎄. 일단 살펴보고. 지금은 뭐라고 얘기하기가 좀 그

런데?

"잘 생각해 봐요. 피터는 목소리도 좋고 하니까 잘 어울릴 것 같아요."

─너무 띄우는 거 아닌가? 아무튼 긍정적으로 생각해 보지, 친구.

"그래요, 알았어요. 시간이 되면 촬영장에 한번 또 놀러 가구요."

피터는 언제든지 오라면서 환영의 뜻을 표했다.

주혁은 피터가 합류한다면 큰 힘이 될 것 같다고 생각했다. 그만큼 실력도 있고, 임팩트가 있는 배우였으니까.

작가와의 작업도 아직까지는 큰 문제가 없었고, 준비도 잘되어가고 있었다.

일을 마친 주혁은 잠을 청할까 하다가 갑자기 상자 생각이 났다.

'상자가 지금 합체를 하고 있겠지?'

주혁은 과연 상자가 어떤 모습을 하고 있을지 보고 싶다는 생각이 들었다.

호기심이 생긴 주혁은 금고를 향해 손을 뻗었다.

하지만 잠금장치를 바로 해제하지는 못했다. 혹시라도 무슨 문제가 생길 수도 있다는 생각이 들어서였다.

'합체에 문제가 생기는 건 아닐까?'

상자 세 개를 얻어 놓고 공연히 호기심에 일을 망치는 건 아닌가 하는 생각이 드니 금고를 여는 게 망설여졌다.

그리고 말을 거는 것도 조금 그랬다. 예전에 동전을 찾을 때의 기억이 났기 때문이었다.

"동전을 찾을 때, 내 말에 대답을 하면 동전을 찾는 시간이 늦어진다고 했지. 혹시 이번에도 그런 거 아닌가?"

주혁은 잠시 생각하다가 피식 웃었다. 정말 별것 아닐 수도 있는 일에 너무 예민하게 반응한다는 생각이 들어서였다. 부자 몸조심이었다.

이제는 자신이 절대적으로 유리하다고 생각하니까 조그만 일에도 움츠러드는 거였다.

주혁은 마음에 안 든다는 듯 고개를 내젓고는 정신을 집중했다.

그리고 상자에게 바로 말을 걸었다.

대답을 할 수 있으면 대답을 할 것이고, 대답을 하지 않으면 그럴 만한 상황이라고 생각하면 될 테니까.

[이봐. 지금 내가 합체하는 모습을 봐도 되는 건가?]

잠시 동안 했던 주혁의 고민은 모두가 헛것이었다는 걸 증명이라도 하듯, 상자는 곧바로 대답했다.

[합체하는 모습을? 봐도 상관은 없지만, 일부러 볼 것까지는 없을 것 같은데? 자네가 상상하는 그런 멋진 모습은 아니

라서 말이야.]

　멋지고 아니고야 무슨 상관이 있겠는가.

　주혁은 지금 상자들이 어떤 모습일지가 궁금해서 참을 수가 없었다.

　그래서 급히 모든 보안을 해제하고 문을 열었다.

　사실 마지막 금고 문을 열 때는 살짝 긴장이 되기도 했다.

　문이 천천히 열리고, 안에서 약한 빛이 은은하게 새어 나왔다.

　그리고 주혁은 상자가 왜 그런 이야기를 했는지 알게 되었다.

　[이런 모습이라고는 전혀 상상도 못 했는데…….]

　[그러니까 굳이 볼 건 없다고 했잖아.]

　상자의 모습은 온데간데없고 둥그런 알 같은 게 있었다. 껍질 같지는 않았고, 오히려 실 뭉치 같다는 느낌이 들었다. 커다란 누에고치 같기도 했는데, 안에서 은은한 빛이 새어 나오고 있었다.

　[기계가 아니라 생명체 같다는 느낌이 드는데?]

　[당연한 거 아닌가? 우리를 기계라고 할 수는 없지.]

　주혁은 상자를 고도로 발달된 기계장치라고 생각하고 있었는데, 그렇게 생각할 건 아닌 것 같았다.

　[이봐. 지금 이야기를 해도 괜찮아?]

[물론. 이야기를 나누는 정도는 문제없다.]

주혁은 궁금했던 점에 관해서 묻기 시작했다.

[이봐. 너를 만든 사람은 누구지? 아니, 사람이 아닐 수도 있지. 너를 만든 존재는 어떤 존재야?]

[이제는 그 정도는 알려줘도 될 때가 된 것 같군.]

상자는 선심이라도 쓴다는 듯 이야기를 시작했다.

[너와 같은 인간은 아니다. 더 자세한 이야기는 해봐야 알아듣지도 못할 것 같으니 그 정도만 알고 넘어가지.]

[흐음… 역시나 인간 외의 존재가 있는 거로군.]

잉카 문명에는 미스터리한 유물이나 유적이 많다. 아무래도 그런 것들이 다른 존재의 영향을 받아 그리된 거라고 생각되었다.

주혁도 나름대로 알아본 것이 있어서 물어볼 내용이 많았다. 물어볼 것이 너무 많아서 오히려 어떤 걸 먼저 물어야 할지 헷갈릴 정도였다.

주혁은 잠시 생각을 하다가 상자가 지구에 있는 목적을 물어보았다. 상자가 왜 지구에 존재하는지가 의문이었기 때문이었다.

곧바로 대답을 듣지는 못했다. 생각보다 시간이 많이 지났기 때문이었다. 들을 수는 있었지만, 내일 일정에 영향을 주면서까지 지금 당장 들어야 할 이야기는 아니었다. 궁금증이야 해결할 수 있겠지만, 크게 달라지는 건 없는 그런 일이었으니까.

대화를 하는 것에는 문제가 없다는 사실을 다시 한 번 확인하고는 주혁은 금고를 닫았다.

다음 날 주혁은 서준 작가와 만나서 내년에 제작할 작품의 내용을 검토했다.

"거기서 주인공을 선택한다고요? 너무 의외의 전개 아닌가요?"

주혁과 서준은 이야기를 평범하게 끌고 나가지 않으려고 애썼다.

영화나 드라마를 사람들이 보다 보면 예상을 한다. 여기서는 두 사람이 이어지겠구나. 여기서는 주인공이 당하겠구나. 여기서는 분명히 이 사람이 성공하겠구나.

주혁과 서준은 뻔히 예상되는 진행은 하지 않으려고 했다.

그렇다고 무조건 전혀 생각지도 못한 내용이 툭툭 튀어나오는 걸 얘기하는 건 아니었다. 그러면 오히려 정신 사나운 이상한 작품이 되어버린다.

주혁과 서준은 일반적인 진행을 하다가 중요한 포인트에서 예상하지 못한 전개를 해서 시선을 끌고, 긴장감을 유지하는 방식을 선보이기로 했다.

지금 이야기하고 있는 부분도 그랬다.

이 작품에서 주인공과 사람들은 오디션 프로그램에 나가게 된다. 예선을 거쳐 본선에 올라가고, 본선에서는 자신이 선택한 멘토와 함께 연습을 해서 경쟁을 하는 시스템이었다. 예선 중간에 여러 멘토들이 지원자의 연습을 돕게 되어 있는데, 그러면서 서로를 살피는 거였다.

그 시간에 멘토들은 지원자의 장단점이 어떤지를 보고, 지원자는 멘토가 자신과 잘 맞는지를 볼 수 있다.

사람들은 주인공이 당연히 본선에는 진출하리라 생각할 것이다.

위기가 있기는 하지만 우여곡절 끝에 올라갈 것이고, 우승은 아닐지라도 좋은 성적을 거둘 거라고.

하지만 주혁과 서준은 주인공이 결국 실패하는 쪽을 선택했다.

사람들은 패자부활전이나 누군가가 포기를 하거나 하는 걸 통해서 극적으로 올라가는 상황을 기대하겠지만, 진출자가 모두 결정될 때까지 그런 장면은 나오지 않는다.

"그러니까 주인공이 예선 기간 동안 사람들을 돕는 모습이 보여야겠군요."

"멘토를 선택하는 조건 같은 것에도 미리 손을 좀 보아야겠죠."

둘은 계속해서 완성도를 높여 나갔다. 이제는 상당히 구체적인 부분까지 만들어가고 있었는데, 그런 과정을 거쳐서 작품의 윤곽이 점점 드러나고 있었다.

"자, 다시 한 번 정리해 봅시다."

주혁은 지금 이야기한 내용을 정리해서 이야기했다.

"오디션에 참가했는데, 악당이 심사위원으로 참가하게 됩니다."

원래는 다른 사람이 심사위원이었는데, 중간에 일이 생겨서 주인공과 악연이 있는 악당으로 바뀌게 된다.

당연히 긴장감이 생길 수밖에 없는 상황이다.

"거기서 악당은 당장 써먹을 수 있는 사람들만 주목하고, 다른 사람들은 은근히 무시하죠. 주인공은 그것에 반발해서 그 사람들을 돕습니다."

"그 지점이 좋은 것 같네요. 주인공도 예전에는 악당과 같은 사람이었지만, 능력을 잃고 느낀 점이 있어서 지금은 변했다는 걸 보여주는 거니까요. 거기다가 악당을 싫어하는 마음도 작용해서 그런 거니까 이해도 더 잘되고요."

다른 것보다 보는 사람들이 공감을 해야 한다. 관객이 이상하다고 생각하면 작품에 집중을 할 수 있겠는가. 잠깐 이상하다고 생각할 수는 있다. 납득할 만한 이유가 나중에 나오기만 한다면.

그게 주인공이 떨어지는 부분이었다. 다들 이상하게 생각하겠지만, 조금만 있으면 다들 납득을 할 수 있을 것이다. 평범하지 않은 진행. 하지만 납득할 수 있고 공감할 수 있는 그런 내용으로 주혁과 서준은 작품을 다듬어가고 있었다.

"그렇게 하다가 결국 주인공은 좋은 무대를 선보이지만 탈락합니다. 같은 지원자들도 뜻밖이라고 생각하고 관객도 물론 이해를 하지 못하겠죠?"

주혁의 말에 서준도 동의했다.

그리고 사람들이 거기에서 불공정하다고 느끼고 화를 낼수록 나중 장면에서의 희열과 감동이 더 클 것이다.

"설마 하는 기대를 하겠지만, 끝까지 주인공은 호명되지 않고 최종 탈락합니다. 그리고 지원자들이 멘토를 선택하는 순간에 반전이 생기는 거죠."

주혁은 컵에 담겨있는 물을 마시고는 다시 이야기를 이어나갔다.

"지원자들이 멘토를 선택하다가 주인공에게 도움을 받은 지원자가 나와서 기존 멘토 대신 주인공을 선택합니다."

그런 상황이 실제로는 생기기 어려울 것이다. 그러니 그런 선택을 하는 지원자는 아주 특이한 성격이어야 할 것이고, 약간 4차원 캐릭터여야 할 것이다. 관객들이 그 인물이라면 그런 선택을 할 수도 있겠다고 느껴야 하니까.

"그리고 한 명이면 무시당할 수도 있으니까, 동조하는 캐릭터가 더 있어야겠죠? 그렇게 되면 프로그램의 제작진도 아주 무시를 할 수 없으니 회의를 합니다. 담당 PD는 이런 상황이 시청률에 도움이 될 거라고 생각해서 결국 받아들이고요."

주혁은 이야기를 하다가 앞에 있는 종이에 펜으로 그 내용을 적었다.

서준도 고개를 끄덕이면서 노트에 그 부분을 동그라미 쳤다. 자신이 낸 의견이었지만, 나쁘지 않다고 생각하면서.

"그래서 주인공은 참가자가 아니라 멘토로 오디션에 계속 남게 되고, 사람들을 성공적으로 이끕니다. 우승은 수작을 부린 다른 사람에게 넘어가지만, 사람들은 주인공과 그의 멘티들에게 환호를 보내구요."

지금까지 이야기한 걸 정리한 두 사람은 서로를 바라보면서 웃었다. 작품이 차츰 정리되어 가고 있었고, 내용도 흡족하게 느껴졌다.

*　　　*　　　*

주혁은 저녁에 집으로 돌아와서는 금고를 열고 다시 질문을 던졌다. 어제 하다 만 그 질문이었다.

[누군가 만든 사람이 있고, 일부러 이곳에 가져다 놓은 거라면 무언가 이유가 있을 것 같은데… 무슨 목적이 있는 건가?]

[있기는 하지. 하지만 자네는 그걸 들을 수 있는 사람은 아니야.]

주혁은 상자의 이야기가 조금 이상하다고 생각했다. 말하는 투로 보아서는 그 사정을 들을 수 있는 사람이 있다는 것으로 보였다. 하지만 상자를 세 개나 가지고 있는 자신 말고 그걸 들을 수 있는 사람이 따로 있을 수가 말인가.

[그럼 그걸 들을 수 있는 사람은 어떤 사람이지?]

[일단 모든 상자를 모은 사람이어야 한다.]

[아하!]

곧바로 이해가 되었다. 자신 말고 다른 사람이 있다는 것이 아니었다. 일정한 조건을 충족하면 그 이야기를 들을 자격이 생기는 모양이었다.

[그리고 상자를 모두 모아도 무조건 들을 수 있는 건 아니지.]

주혁은 조건에 관해서 물어보았지만, 상자는 알려주지 않았다. 상자를 다 모으면 자연스럽게 알게 될 거라면서.

주혁은 다른 것을 질문했다.

[그럼 지금까지 그 이야기를 들은 사람이 있었나?]

[조금 모호한 질문이군. 그건 그렇다고 할 수도 있고, 그렇지 않다고 할 수도 있다.]

주혁은 알기 쉽게 설명해 달라고 이야기를 했고, 상자는 차분하게 설명을 했다.

[평행 우주에 관해서 들어본 적이 있나?]

[들어는 보았지. 내가 지금 살고 있는 이 세계와 비슷한 우주가 수도 없이 많다는 그런 것 같은데.]

[뭐 대충은 비슷하다고 볼 수 있겠군.]

상자는 지금 이 세계에서는 그런 사람이 없었지만, 다른 평행 우주에서는 있었다고 이야기했다.

주혁은 상자가 자신이 생각했던 것보다 훨씬 많은 시간을 보냈다는 걸 직감할 수 있었다.

전에는 과거 어느 시점에서부터 존재했던 거라고 생각했었다. 아마도 마야 문명의 초창기 정도가 아니었을까 하는 추측을 하기도 했다. 하지만 평행 우주를 계속해서 이동해 왔다면 그런 추측은 전부 쓸데없는 거였다.

[같은 시간대도 여러 차례 다니기도 했지. 그동안 상자를 모두 모은 사람은 있었지만, 이야기를 들은 사람은 거의 없었다.]

굉장히 까다로운 조건이 있는 모양이었다.

주혁은 어차피 상자를 모두 모을 생각이었으니 가능하면

이야기를 듣고 싶었다. 하지만 자신이 원한다고 들을 수 있는 건 아니었다. 그러니 어떤 조건인지는 모르겠지만, 그걸 충족하고 이야기를 들을 수 있기를 바랄 수밖에.

[이건 전부터 궁금했던 건데, 잉카 문명과 연관이 있는 거 맞지?]

상자가 있었던 도시의 이름인 '까하마르까'에서 '까하'는 상자를 뜻하는 단어다. 주혁은 그것이 우연일 리 없다고 생각했다.

그리고 잉카에 있다가 스페인의 침략을 받아서 유물이 스페인으로 옮겨지면서 상자 일부가 스페인으로 옮겨진 거라고 보았다.

[그렇다. 처음에 도착한 것이 그 지역이었지. 사실은 잉카 문명보다는 마야와 더 관련이 있다고 보아야겠지만.]

물론 처음 도착한 시기는 마야 문명이 있기 훨씬 전이었지만, 상자는 그 이야기는 굳이 하지 않았다. 그런 이야기까지 모두 하자면 정말 이야기가 끝도 없이 이어질 테니까. 상자는 자신을 만든 존재가 그 지역에 도착해서는 약간 영향을 주었다는 정도만 이야기했다.

주혁도 미스터리에 관해서는 호기심이 많아서 마야 문명의 신비에 대해서도 알고 있었다. 게다가 상자가 잉카 문명과 관련이 있다고 생각해서 여러 가지를 찾아보다가 마야 문명에 관해서도 조금 더 자세히 알게 되었다.

주로 역법이나 건축 기술과 관련된 지식을 조금 알려주었다는 말을 듣고는, 마야 문명의 여러 미스터리에 대한 의문이 조금은 풀렸다. 그들이 외계 문명과 접촉을 했다면, 그럴 수 있는 거였으니까.

주혁은 이해도 되면서 궁금한 것도 생겼다.

[왜 그런 거지? 보통은 그런 걸 알려주면 안 되는 거 아닌가?]

영화나 소설에 보면, 현대 지식을 가진 주인공이 중세 같은 데 떨어진 이야기가 있다. 보통은 역사가 바뀔 수 있어서 현대적인 지식이나 역사적인 사실은 알려주면 안 된다는 식으로 이야기가 흘러간다.

[운명의 흐름에 큰 변화가 없을 정도는 괜찮다.]

상자는 어차피 그 지식으로 인해서 문제가 생기지 않을 거라는 걸 확인하고 전달한 거라고 했다. 그리고 전달한 지식은 나중에 상자를 찾으러 올 때 필요한 거라서 반드시 필요한 거였다고도 했다.

이야기가 너무 복잡하게 흘러서 주혁은 쉽게 정리가 되지 않았다. 일단 외계의 존재가 상자를 가지고 마야 문명이 있던 지역으로 왔고, 지식을 전해주고는 상자만 남긴 채 떠났다는 정도로 정리했다.

[마야에서는 둘도 없는 보물로 여겼겠군.]

[이를 말인가. 마야는 물론이고 나중에 잉카 제국에서도 신성하게 생각했지. 사실 재미는 스페인으로 넘어가면서 더 있었지만 말이야.]

상자는 한 곳에 계속 있는 것보다 여러 곳을 다니는 것이 좋았다고 말했다. 일종의 여행을 한 것으로 생각하는 듯했다. 마야와 잉카에서는 대부분 신전에 모셔만 놓고 있어서 전혀 재미가 없었다는 거였다.

물론 그런 건 상자 다섯 개가 모두 그런 건 아니었다. 다른 상자 중에는 그 시기에도 여러 곳을 돌아다녔던 상자도 있었으니까. 사람과 교감을 한 것은 아니었지만.

"그래서 알란이 상자를 얻게 된 거였구나."

그렇게 스페인으로 흘러들어 간 상자가 알란의 손에 들어가면서 활성화가 되었고, 그 이후로 상자를 둘러싼 본격적인 이야기가 시작되었던 것이다.

주혁은 나중에 존재가 상자를 찾으러 올 때 필요해서 지식을 전했다는 이야기를 들었지만, 크게 신경 쓰지 않았다.

만약 그 시기가 채 1년도 남지 않았다는 사실을 알았다면, 절대로 지금처럼 태연할 수는 없었을 것이다.

주혁은 존재가 상자를 찾으러 오는 건 아주 먼 미래의 일이라고 생각하고 있었다. 마야 문명이 있었던 시대면 어마어마하게 오래전 일이다.

그런데 아직까지 찾아가지 않았으니, 앞으로도 시간이 많이 남았다고 생각하는 거였다.

하지만 존재는 분명하게 그 시기를 기록해 두었다. 그리고 대부분 사라지기는 했지만, 발견된 유물도 있다. 상자도 그 유물의 존재에 대해서 알고 있었다.

모뉴먼트 6. 멕시코에서 고속도로 건설 공사 중에 발견된 유물이다.

멕시코 비야에르모사의 까를로스 뻬이세르 박물관에 있는 이 유물에는 2012년 12월 21일에 볼론 욕테가 내려온다고 적혀 있다.

볼론 욕테는 마야 사람들이 상자를 만든 존재를 부르는 말이었다.

그리고 자신은 다른 평행 우주로 이동할 것이다. 그리고 상자를 모두 모은 사람은 커다란 대가를 받을 것이다.

하지만 대가는 사람에 따라 다르다.

상자는 주혁이 상자를 모두 모은다면 상당히 좋은 대가를 받을 수 있을 것이라고 생각했다.

하지만 상자는 그런 사실을 주혁이 지금 알 필요는 없다고 생각했다. 때가 되면 자연스럽게 알게 되겠지만.

[평행 우주란 건 어떤 거지? 혹시 존재가 타고 다니는 게

UFO인가?]

상자가 하는 이야기는 정말 신세계였다. 그 누구도 알 수 없는 미지의 세계.

주혁은 그런 미지의 것에 대해 알고 싶다는 강한 열망을 느꼈다.

[오늘은 이 정도 하는 게 좋을 것 같군. 시간은 충분하니 찬찬히 물어보라고. 그리고 모든 걸 알 수는 없을 거야. 아직 자격이 안 되는 내용도 있을 거고, 내가 대답할 수 없는 그런 사실도 있을 테니까.]

시계를 보니 벌써 시간이 많이 흐른 상태였다. 이야기를 하다 보니 시간이 어떻게 갔는지도 모르고 있었던 것이다.

주혁은 오늘은 이만하기로 하고 금고를 닫았다. 그런데 오늘 들은 이야기를 생각하면 할수록 이상한 기분이 들었다.

새롭고 신기한 사실을 알아나가는 게 즐겁고 신이 난다기보다는 무언가 씁쓸하고 불안하다는 생각이 들었던 거였다.

왜 그런 것인지는 알 수 없었다. 다만 그런 느낌이 들었다는 게 조금 의아했을 뿐이었다.

*   *   *

"이번에는 어떤 능력이 생길지 궁금하군."

상자는 혼잣말로 중얼거렸다.

주혁도 자신에게 어떤 능력이 생길지 궁금해하고 있었지만, 상자도 마찬가지였다.

주혁은 지금까지 보아왔던 어떤 타입의 인간과도 달라서 도대체 어떤 능력을 얻을지 알 수 없었기 때문이었다.

정확하게는 아니었지만, 상자는 대충 상자의 주인에게 어떤 종류의 능력이 생길지 정도는 대략 예상할 수 있었다. 상자의 주인에게 성향이라는 것이 있었으니까.

그래서 알란의 경우에는 정신과 관련된 능력, 특히나 예지와 관련된 방향으로 주로 능력이 생길 것이라는 걸 예상할 수 있었다.

육체적인 측면보다는 정신적으로 발달된 인간이었고, 정신적인 측면 중에서도 풍부한 지식을 바탕으로 한 통찰력이 뛰어난 사람이었으니까.

그래서 알란은 다른 사람들은 모두 쓸모없다고 내팽개친 상자가 범상치 않은 물건이라는 사실을 밝혀낼 수 있었던 것이다.

그래서 상자는 그가 예지의 능력을 얻었을 때, 전혀 놀라지 않았다. 어찌 보면 당연한 일이었으니까.

그리고 그 이후로도 예지와 관련된 능력이 점점 강화되었다. 다른 계열의 능력은 알란에게 생기지 않았다.

그리고 지금 보스도 비슷했다. 아버지의 영향인지 정신 계열의 능력을 가지고 있었다.

그래서 자신의 부족한 부분을 보충하기 위해서 수하들을 키우는 거였다. 다른 계열의 능력도 있으면 아무래도 자신의 목표를 이루는 데 조금이라도 더 도움이 될 테니까.

그리고 그런 건 이 시간대가 아닌 다른 곳에서도 마찬가지였다.

상자는 자신과 교감하는 자에 대해서 잘 알 수밖에 없다. 그의 모든 정보가 자신에게 기록되니까.

그래서 상자는 상대가 어떤 능력을 얻을지 어느 정도는 예상이 가능했다.

하지만 주혁은 그런 예상이 불가능했다. 거의 모든 부분이 골고루 발달되어 있어서 어떤 능력을 얻게 될지 당최 알 수가 없었다.

물론 주혁이 만능이란 건 아니었다. 능력치가 고른 대신, 특정 부분에서는 다른 상자의 주인들에 비해서 뒤떨어졌으니까.

[하기야 상자의 주인들에 비해서 그렇다는 거긴 하지만.]

상자의 주인들은 보통 사람들에 비해서 뛰어난 능력을 가지고 있다. 후천적으로 개발이 되기도 하고, 다른 사람보다 더 많은 시간을 사용할 수 있기 때문이다. 대부분 자신의 장점을 더욱 키우게 된다.

그래서 뒤떨어진다는 것이지, 일반인과는 비교할 수 없을 정도로 뛰어난 능력의 소유자가 주혁이다.

[사실 모든 부분을 골고루 키운다는 게 쉽지 않은 일인데⋯⋯.]

상자도 수많은 세월을 지내오면서도 처음일 만큼 독특한 케이스였다.

하지만 주혁이 처음부터 이런 상태였던 건 아니었다.

지금의 상태가 된 것은 두 번째 동전을 사용했을 때, 그러니까 4천 일이 넘는 시간을 반복했을 시기에 지금의 상태가된 거였다.

처음에는 레저스포츠학과에 진학하기 위해서, 그리고 연기에 도움이 되리라 생각해서 여러 운동을 했다. 그러다가 경제학과로 목표를 바꾸면서 공부를 하게 되었고. 그리고 배우에게 필요한 경험을 얻기 위해서 여러 일을 해보았다.

다양한 경험, 거기에다가 사람과 현상에 대한 끊임없는 관찰은 그를 성장시켰다. 그리고 끊임없이 판단하고 결정하는 과정을 통해서 자아가 굳건해졌고. 그런 과정을 거쳐서 지금의 상태가 된 거였다.

그래서 아주 독특한 현상이 일어나고 있었다. 얼마 전에 얻은 반탄의 능력은 지금까지 딱 한 번만 나온 적이 있는 아주 희귀한 능력이었다. 여러 방면으로 고루 발달되지 않으면 얻을 수 없는 그런 능력이었으니까.

상자는 그래서 이번에 어떤 능력을 갖게 될지 대단히 궁금했다.

물건을 옮기는 염동력이나 물체에 담긴 기억을 보는 사이코메트리와 같은 능력이 생길 수도 있고, 예지력이나 육체가 강화되는 능력이 생길 수도 있었다.

"지금까지는 없었던 케이스가 나올 수도 있겠어."

새로운 능력이 나오지 않은 지가 상당히 되었다. 어차피 패턴이 비슷비슷했으니까.

하지만 주혁은 기대를 해도 좋을 듯했다.

지금까지 본 적이 없는 경우였으니까.

"조만간 알 수 있겠지. 이제는 높은 수준에 올라 있으니 능력이 생기는 것도 금방일 테니까."

그리고 주혁은 상자가 생각한 것보다 빨리 능력을 갖게 되었다.

"이런, 아우~"

주혁은 왼손 검지의 첫 마디를 꾹 눌렀다. 요리를 하다가 칼에 조금 베였기 때문이었다.

살짝 벌어진 살 틈으로 붉은 피가 몽글몽글 맺혔다. 큰 상처는 아니고 살짝 베인 거라서 주혁은 대수롭지 않게 생각하고는 손가락을 입으로 쪽 빨았다.

"밴드가 어디 있더라?"

주혁은 찬장을 열고 밴드를 찾았고, 다시 한 번 손의 상처를 살폈다. 약도 발라야 할지 보기 위해서였다.

하지만 주혁의 눈에는 전혀 생각지도 못한 광경이 보였다.

살이 저절로 아물고 있었던 것이다.

"......"

주혁은 멍하니 손가락만 바라보고 있었다. 분명히 칼에 살이 베여서 손가락의 피부가 조금 갈라졌었는데, 지금은 아무런 상처도 보이지 않았다.

[재생의 능력이군. 대단한 일이야.]

상자의 목소리가 들렸다.

주혁은 자신의 손가락을 바라보고 있다가 새로운 능력이 생겼다는 걸 깨달았다.

"재생의 능력?"

처음 든 생각은 상당히 좋은 능력이라는 거였다. 효과가 어느 정도인지는 모르겠지만, 상처가 빨리 아문다는 사실이 나쁠 건 없었으니까. 다만, 다른 사람이 보면 큰일이 날 수도 있다는 사실도 머리에 떠올랐다.

칼에 베인 곳이 저절로 아무는 모습을 다른 사람이 본다면 어떻게 되겠는가.

당연히 곤란한 지경에 빠질 것이다.

그러니 다른 사람에게는 절대로 이 모습을 보이면 안 될 것이다.

"실험실에 끌려갈지도 모르지."

극단적인 생각이긴 했지만, 그 정도는 아니더라도 좋지 못한 일을 당할 수도 있었다.

그렇게 되도록 가만히 내버려 두지는 않을 것이긴 하지만.

하지만 조심해서 나쁠 일은 없다.

주혁은 앞으로는 행동에 각별히 신경을 써야겠다고 다짐했다.

주혁은 일단 재생의 능력이라는 것이 어느 정도인지 알아보기 위해서 팔에다가 몇 가지 테스트를 해보았다.

얕은 상처는 금방 아물었고, 제법 깊은 상처를 냈는데도 시간이 조금 지나자 감쪽같이 아물었다.

갈라진 부분이 저절로 붙으면서 상처가 없어지는 광경은 경이롭게 보이기까지 했다. 그리고 기분 탓인지는 모르겠지만, 통증도 평소보다는 약하게 느껴지는 것 같았다.

"그런데 다른 능력하고는 조금 다른 것 같은데?"

주혁은 지금까지의 능력은 자신의 의지에 의해서 시전이 되었는데, 재생의 능력은 의지와는 상관없는 듯했다. 게임으로 치자면 패시브 기술이라고나 할까.

[대단한 일이야.]

상자는 무엇이 그렇게 놀라운지 계속해서 대단하다는 말
을 했다. 주혁은 재생의 능력에 관해서 물어보았는데, 상자는
쉽게 얻을 수 없는 능력이라고 대답했다.

[이 능력을 얻은 사람은 지금까지 딱 한 명밖에 없었다.]

상자는 의지와는 상관없이 발현되는 능력이며, 수준이 높
아질수록 저절로 강해지는 능력이라고 이야기했다. 쉽게 말
해서 지금처럼 상자의 기운을 받으면 받을수록 점점 능력이
강해진다는 거였다.

[그러면 이건 따로 수련을 할 필요가 없는 거네?]

[물론이다. 이건 가만히 있어도 저절로 강화되는 기술이라
고 보면 되지.]

주혁은 손뼉을 치면서 기뻐했다.

정말 좋은 능력이 아닌가. 평소에도 크게 개의치는 않았지
만, 다치는 일이 생겨도 걱정할 필요가 없을 것 같았다.

그래서 전에도 이 능력을 얻은 사람이 있다는 이야기는 이
내 잊어버렸다.

상자는 이전에 이 능력을 얻은 사람이 누구인지 알려줄까
망설이다가 그만두었다. 이름을 말하면 누구나 알 만한 사람
이었지만, 굳이 말해줄 필요는 없다고 생각했다.

[광장히 편리하긴 한데, 그래도 조절이 되면 더 좋을 텐데.]

아무래도 다른 사람들의 시선이 신경 쓰였다.

사실 가볍게 다치는 일은 언제 어디서 일어날지 모르는 일이었다. 그런 걸 예민하게 신경 쓰고 다니다가는 어떤 일도 할 수 없을 것이다.

하지만 상자는 주혁이 잘 알지 못해서 지금처럼 다소 무덤덤하게 이야기를 할 수 있는 것이라고 생각했다. 좋은 능력인만큼 얻기가 굉장히 어려운 능력이었으니까.

하지만 그런 사실을 상자의 주인은 알 수가 없다.

상자만이 알 수 있는 정보.

그리고 굳이 따지자면, 상자를 만든 존재들도 알 수 있을 것이다.

[대단해. 이건 정말이야. 이렇게 놀란 적은 이번이 처음인 것 같군.]

[그렇게 좋은 능력인가? 하긴 나쁜 능력 같지는 않네.]

하지만 상자가 놀라는 건 주혁이 재생의 능력을 얻어서가 아니었다.

주혁이 얻은 능력은 한 가지가 아니었기 때문에 놀라는 거였다.

그는 세 가지 능력을 동시에 얻은 것으로 느껴졌다.

그것도 지금 느끼기에는 그렇다는 거였다. 그러니 앞으로 능력이 더 생길지도 모르는 일이었다.

지금까지 세 가지 능력을 동시에 얻은 사람은 처음이었다.

두 가지 능력을 얻은 경우는 몇 차례 있었다.

하지만 두 가지 능력을 동시에 얻는 것도 결코 흔한 경우는 아니었다. 아주 드문 일이었는데, 세 가지 능력이라니.

"한 가지는 아직 확실하지 않지만, 다른 한 가지는 확실하군."

세 가지를 얻었다는 건 알 수 있었지만, 그중에서 한 가지는 시간이 조금 지나야 알 수 있을 것 같았다. 능력이 생긴 건 확실한데 아직 초기 단계라서 확실하게 확인할 수가 없었다.

하지만 다른 한 가지는 분명했다.

불로의 능력이었다.

늙지 않는 것. 그것은 고대로부터 많은 사람들이 꿈꿔온 일이다. 지금이야 능력이 완전하지 않으니 노화가 굉장히 더디게 일어나는 정도겠지만, 능력이 완전하게 되면 영원히 늙지 않게 될 것이다.

"물론 남은 시간 동안 아무리 많은 기운을 받아들인다고 해도 능력이 완전하게 되지는 않겠지만."

재생의 능력과 불로의 능력은 연관성이 있었다. 세포와 관련이 있었으니까. 하지만 엄밀하게 따지면 다른 능력이었다. 하나는 상처가 생기면 그 부분의 재생력이 높아지는 능력이었고, 다른 하나는 평소에 세포가 계속해서 생성되도록 하는 능력이었으니까.

상자의 주인들은 기본적으로 노화 속도가 느리다. 일반인보다는 육체적으로 활성화가 되어 있으니까. 하지만 불로의 능력을 갖게 되면 확연하게 차이가 난다.

과거에 수백 살을 살았다고 전해지는 사람들이 있다.

대부분은 거짓이다. 인간이 수백 살을 살 수는 없다.

하지만 개중에는 진실도 있었다.

바로 불로의 능력을 얻은 사람이 그랬다.

나머지는 불로의 능력을 얻은 사람의 전설을 본떠서 만든 거짓 기록에 불과했다.

불로의 능력을 얻은 사람은 몇 명 있었는데, 대부분 끝이 좋지 않았다.

늙지 않는다고 죽지 않는 건 아니다.

오히려 늙지 않는 것을 이상하게 여겨서 갖은 고초를 당하다가 죽게 된 경우도 있었다.

상자가 그렇게 생각을 하는 사이 주혁도 조금 고민이 되었다. 앞으로는 행동에 부쩍 주의를 기울여야겠다고 생각했다. 그러면서 이번에 찍는 영화가 액션이 아니라는 사실에 안도했다.

사실 액션 영화를 찍다 보면 이런저런 부상을 입는 경우가 허다하다. 그러니 상처가 아무는 걸 숨기는 건 거의 불가능했다. 현장에 있는 수많은 사람이 주혁의 상처에 관심을 가질 텐데 그걸 어떻게 감추겠는가.

"이런 것도 다 운명인가?"

주혁은 예전에는 운명을 믿지 않았지만, 지금은 어느 정도는 믿게 되었다.

그리고 분명히 자신의 인생에 무언가 알 수 없는 힘이 작용한다는 걸 알 수 있었다.

"여기다가 예지력 같은 게 있으면 좋을 텐데. 그러면 미리 다치거나 그러는 경우는 피해 갈 수도 있을 테고 말이야."

상자는 분명히 알 수 있었다. 이전에 경험해 본 능력이라고 한다면 아무리 초기라고 해도 알 수 있다.

그러니 주혁에게 생긴 능력은 자신은 겪어보지 못한 능력이거나 지금까지 나타난 적이 없는 새로운 능력이었다.

적어도 지금 자신과 합체한 녀석들의 기억에도 없는 능력이니 새로운 능력일 가능성이 상당했다.

상자는 역시나 시간이 다가오니 모든 것이 급박하게 흘러가는 거라고 느꼈다.

이제 이곳에 있을 시간이 채 1년도 남지 않은 상황.

하지만 지금까지 있었던 것보다 그 1년 사이에 더 많은 일이 생길 수도 있었다. 상자를 놓고 두 사람이 필연적으로 충돌하게 되어 있으니까.

그리고 실제로 보스는 무척이나 상황을 좋지 않게 생각하고 있었다.

비록 로저 페이튼이 가지고는 있었지만, 자신이 세 개의 상자를 소유하고 있다고 생각해서 여유로울 수가 있었던 것이다.

하지만 이제는 상황이 바뀌었다.

"아직도 찾지 못했나?"

기괴한 목소리가 퍼졌고, 세도우는 고개를 숙이면서 죄송하다는 말을 거듭했다.

보스는 제발 다른 사람이 상자를 가져갔기를 바랐다. 그러면 그나마 조금 상황이 나을 것이다.

하지만 그럴 확률이 얼마나 될까.

아직까지 증거는 없지만, 상자는 주혁이 가지고 있을 것이라고 추측했다.

'그렇게 생각하는 게 맞을 거야. 그러면 시간이 지날수록 내게 유리한 건 하나도 없지.'

보스는 이제는 움직여야 할 때라는 걸 알았다. 시간은 자신의 편이 아니었다. 다른 사람이 가져갔을 수도 있다는 일말의 가능성을 믿고 참기에는 상황이 너무 좋지 않았다.

"준비를 서둘러야겠어. 모든 걸 끝낼 준비를."

보스는 모든 것을 쏟아부어서라도 결판을 내야겠다고 생각하면서 책상을 두들겼다.

검은 장갑을 낀 손으로 딱딱거리는 소리를 내면서.

CHAPTER **70**
2012년

"올해가 시작한 게 정말 엊그제 같은데……."

사람들이 12월만 되면 하는 이야기다.

대부분 올해는 시간이 어떻게 갔는지도 모를 정도로 정신 없이 흘러갔다고 이야기하고, 다사다난했다고 말한다.

서로 약속을 한 것도 아닌데 다들 그리 이야기하는 걸 보면, 시간을 돌이켜 보면 누구나 그렇게 느끼는 모양이었다.

"안녕하세요."

주혁은 낯익은 배우의 얼굴을 발견하고는 인사를 했다.

상대도 놀라는 표정을 지으면서 주혁에게 손을 내밀었다.

"이야, 주혁이 아냐? 이게 얼마 만이지?"

괴물에서 알게 된 배우 윤지문이었다.

그는 당시에 노숙자 역을 했었는데, 연기 내공이 상당한 배우라고 주혁은 생각했었다. 그리고 괴물 촬영이 끝난 후에 있었던 회식 자리에서 조금 더 친해졌었고.

그 이후로는 아주 가끔 다른 모임이나 행사 같은 데서 만나곤 했다. 그래도 서로 무명일 때 같이 고생한 처지라서 그런지 자주 보지 못해도 항상 가깝게 느껴졌다.

"선배님, 요즘 인기 많으시던데요?"

그는 최근에 끝난 드라마에서 악역으로 아주 인상 깊은 연기를 보여주었다. 뿌리 깊은 나무라는 작품이었는데, 거기서 가리온이라는 배역을 맡아서 열연을 했다.

"무슨 소리야. 인기는 니가 최고지. 나도 영화 봤는데 확실히 포스가 있더만. 나중에 기회가 되면 나도 좀 써달라고. 알았지?"

윤지문은 너털웃음을 터뜨리면서 호탕하게 말했다.

방송국에는 연말이라 그런지 유명 인사들의 얼굴이 자주 보였다.

"이야, 이건 또 누구야. 니가 은경이지?"

"예, 선배님. 안녕하세요."

주혁과 같이 온 아이는 올해 써니에 출연해서 엄청난 인기를 끈 은경이었다.

영화가 크게 히트를 한 덕분에 많은 사람들이 은경을 알아
보았다.

7백만이 넘는 사람들이 보았으니 굉장한 히트작이라고 할
수 있었다.

주혁과 은경은 같은 소속사라서 방송국에 동행했다.

그리고 주혁과 은경만 있는 게 아니었다. 걸그룹 파이브 스
타를 비롯해서 최근 유명세를 떨치고 있는 스타들이 주혁의
뒤로 잔뜩 있었다.

"이야, 정말 아토가 대단하기는 하구나. 스타를 이렇게나
많이 데리고 있으니……."

윤지문은 주혁의 뒤로 보이는 아이들을 보면서 감탄을 내
뱉었다. 요즘 잘나간다는 배우와 뮤지션이 대거 포진해 있었
다.

그리고 더 무서운 점은 다들 어리다는 거였다.

주혁만 30대이고 나머지는 10대나 20대이다. 20대도 대부
분 초반. 그러니 앞으로가 더 기대되는 아이들 아닌가.

그는 아토 엔터테인먼트가 정말 대단하다는 생각을 다시
한 번 했다.

평소에도 알고 있었다. 아토 엔터테인먼트가 무서운 신인
들이 모여 있는 곳이라는 사실을.

하지만 이렇게 스타들이 눈앞에 줄지어 있으니 확실하게 실감이 들었다.

"이거 방송 늦겠네. 여기서 이러지 말고 어서 움직이자고."

지문은 걸음을 재촉하면서 주혁과 계속 이야기를 나누었다.

주혁도 만나는 사람들과 인사를 하고는 안부를 물었다. 한동안 외국에 나갈 예정이라서 더욱 사람들이 반갑게 느껴지는 것 같았다.

오늘 방송이 국내에서 하는 마지막 일정이었다. 내일은 정리와 마무리를 하고 모레 한류 투어를 떠나는 것으로 일정이 잡혀 있었다.

방송에는 우리나라를 대표하는 스타들이 모두 모인 듯했다. 2011년을 빛낸 스타들이라는 조사를 해서 거기에 높은 순위를 차지한 사람들을 모은 자리였으니 당연한 일이었다.

탤런트는 시크릿 가든에서 까도남이라는 신조어를 만들어낸 남자 배우가 1위를 했고, 여자는 서울황립대학교 출신의 여배우가 1위를 했다.

둘이 나란히 앉아 있는 모습을 보니 정말 선남선녀라는 말이 잘 어울렸다.

스포츠 스타도 보였는데, 맨체스터 유나이티드에서 활약

하고 있는 축구 스타가 1위를 했고, 소민이가 근소한 차이로 2위를 했다.

소민이는 대학생이 되더니 이제는 부쩍 숙녀티가 났다.

"아저씨!"

소민이가 주혁을 발견하고는 손을 흔들었다.

소민이도 같은 소속사이긴 했지만, 다른 일정이 있어서 따로 움직였다. 곧 방송이 시작되는 터라 움직이지는 못했는데, 끝나고 나서 그동안 못했던 이야기를 나누는 자리를 가질 것이다.

그리고 주혁의 옆에는 아이돌들이 있었다. 외국에서 활약이 많았던 스타들을 선정한 거였는데, 1위는 당연히 주혁의 몫이었다.

지금도 전 세계적으로 영화가 히트하고 있었으니, 주혁이 압도적으로 1위를 차지한 건 당연한 일이었다.

그리고 2위는 파이브 스타가 차지했다. 파이브 스타는 최근 일본에서 발표한 2011년 일본 연예계를 빛낸 스타에서 당당히 3위를 차지했다.

파이브 스타는 일본 내에서 여러 곡을 연달아 히트시켰고, 케이팝을 대표하는 그룹으로 인식되었다.

그리고 그런 인기 덕분에 일본의 대표적인 송년 프로그램인 홍백가합전에 출전하게 되었다. 자칫하면 출연하지 못할 뻔도 했지만, 한류 투어의 일정을 잘 조절해서 출연이 가능하게 되었다.

사실 방송 자체는 별다를 게 없었다. 너무 많은 스타들이 있어서 그들을 소개하고 잠깐씩 이야기를 나누는 것만으로도 시간이 꽉 찼다.

그래도 볼거리는 풍성했다고 느껴졌다. 이런 스타들이 한자리에 모이는 걸 볼 기회는 거의 없었으니까.

마지막으로 올해를 가장 뜨겁게 달구었던 프로그램과 스타를 뽑으면서 마무리를 지었는데, 프로그램은 나는 가수다가 선정되었고, 스타는 주혁이 선정되었다.

주혁은 방송이 끝나고는 드라마 촬영 현장에 들렀다. 내년 초에 방송이 예정되어 있어서 촬영이 한창이었는데, 아역들의 촬영과 성인 연기자의 촬영이 동시에 진행되고 있었다.

"유정이하고 소현이가 물이 올랐네요."

"정말 대단한 것 같지 않아? 99년생 아이들이 저런 연기를 한다는 게 말이야."

기재원 대표도 흡족한 표정이었다. 2002년에 쫄딱 망하고 나서 얼마나 힘들었던가.

하지만 몇 년 전부터는 아무런 걱정이 없었다. 회사에 소속되어 있는 아이들은 많지 않았지만, 모두 잘나가고 있었다.

손대는 사업마다 잘되었고, 만드는 드라마나 영화마다 좋은 결과를 가져왔다. 적자를 본 작품이 하나도 없으니 그것만 해도 아주 놀라운 일이었다.

하지만 이제 시작이다.

이제 자리를 단단하게 다졌고, 앞으로는 성공할 일만 남았다고 생각되었다.

그렇게 생각하는 건 주혁도 마찬가지였다. 아토 엔터테인먼트뿐 아니라 자신의 인생도 지금부터 화려하게 비상할 것이라고 생각했다. 이번에 개봉한 작품을 통해서 연기와 제작하는 작품 모두가 큰 성공을 거둘 수 있다는 자신이 생겼다.

배우라면 누구나 받고 싶어 하는 아카데미상도 받고, 칸의 레드 카펫도 밟으리라 다짐했다. 그리고 그 모든 일이 거의 눈앞에 다가와 있었다.

기재원 대표와 주혁은 그런 생각을 하면서 나란히 서서 아이들의 연기를 지켜보았다.

"어?"

주혁은 촬영장을 보다가 고개를 갸웃거렸다. 연기를 하고 있는 배우를 어디선가 본 것 같은 느낌이 들어서였다.

그런데 어디선 본 것인지 잘 떠오르지가 않았다.

"왜 그래? 무슨 일인데?"

"아뇨, 저기 배우를 어디서 본 것 같은데 잘 기억이 나지 않아서요."

"누군데?"

주혁은 남자 배우를 손가락으로 가리켰다.

기재원 대표는 고개를 내밀어서 누군지를 확인하더니, 어린 양명의 역을 맡은 배우라고 이야기했다.

"이상하네. 어디서 본 것 같은데……."

주혁의 말에 기재원 대표는 빙긋 웃었다.

"그렇게 느낄 수도 있겠지. 지금은 아니지만, 예전에는 본 적이 있을 테니까."

"예전에요?"

주혁은 눈을 가늘게 뜨고는 자세히 그 배우를 살폈다. 그러자 그의 얼굴에서 낯익은 이미지가 떠올랐다.

"아, 정배구나."

어쩐지 낯이 익다 했더니 예전에 아역 때 얼굴을 봐서 그런 거였다.

순풍 산부인과에 나왔던 정배.

미달이와 의찬이가 존재감이 강하기는 했지만, 정배도 인기가 많았다.

주혁은 예전 기억이 떠올라서 미소를 지었다.

순풍 산부인과를 가장 열심히 보았던 것이 98년이었다. 주혁이 스무 살이었고, 동생들이 열일곱 살.

그때는 정말 낙이라고 할 만한 게 없었다. IMF 직후라서 집도 어려웠고, 앞으로 무얼 해야 할지도 막막했던 때였으니까.

생각해 보면 그때부터 연기라는 것에 더 확신을 갖게 된 것 같았다.

그렇게 힘든 시간을 버틸 수 있게 해준 것 중 하나가 그 시트콤이었으니까.

그때 웃을 일이 뭐 그리 있겠는가. 하지만 주혁은 가족들이 모두 모여서 시트콤을 보면서 웃었던 것이 기억났다.

"참 예전이네요. 이제는 이야기를 들어도 자세히 보지 않으면 모르겠어요."

주혁은 촬영장을 보고 있었지만, 머릿속에는 예전 기억이 계속해서 떠올랐다. 온 가족이 웃으면서 함께했던 시간을.

*　　　*　　　*

주혁과 스타들이 한류 투어를 하는 사이에 한 해가 지나가고 2012년이 되었다. 미국에서는 사람들이 우편물을 받아 보고 있었다. 아카데미 회원들에게 아카데미상 후보를 선정하라는 우편물이었다.

아카데미상은 전년도에 LA 지역의 상업영화관에서 적어도

1주일 이상 유료 관객을 대상으로 상영한 작품 중에서 선정된다. 회원들은 자신의 분과에 따라서 표를 주는데, 1순위부터 5순위까지를 선정해서 적는다.

제프리도 우편물을 받고서는 어떤 작품을 적을지 고민하고 있었다.

"아무래도 아티스트가 강세일 것 같은데……."

'아티스트'는 무성영화에서 유성영화로 넘어가는 시대의 이야기였다. 작품이 던지는 감동과 여운은 지금도 아련하게 가슴에 남아 있을 정도였다. 게다가 그 시대에 대한 향수도 분명 영향을 미칠 것이다.

자신의 작품은 애초에 포기한 상태였다.

자신의 영화는 관객들은 좋아했지만, 아카데미가 열광하는 스타일이 아니었다.

자신의 작품에서 아카데미상을 받을 수 있는 분야는 없을 것 같았다.

하지만 그런 것은 개의치 않았다.

모든 것을 가질 수는 없는 법이다.

미션 임파서블은 대중적인 흥행을 노리고 만든 작품이었다. 그러니 그 목적을 달성했으면 되는 거였다.

하지만 힘들기는 할 것 같았지만, 일말의 가능성이 있는 분야가 있었다.

"과연 미스터 강이 후보에 오를 수 있을까?"

원래대로라면 후보에 오르기 어려웠다. 액션 블록버스터의 주인공에게 아카데미는 쉽게 손을 내밀지 않았으니까.

하지만 최근 움직임이 조금씩 바뀌고 있었다. 일부 평론가들이 주혁의 연기에 대해서 좋은 글을 쓰고 있었다.

─압도적인 영상과 시원한 폭파 장면이 이 영화의 전부라고 생각하면 오산이다. 이 영화는 인간적인 매력과 생각을 하게 만드는 깊이를 가지고 있다.

제프리는 이 평론가가 자신이 쓴 이야기가 무슨 뜻인지 알고 있을까 궁금했다. 무슨 이야기를 이렇게 어렵게들 쓰는지 이해가 되지 않았다. 더 쉬운 단어로 표현할 수도 있을 텐데 말이다.

하지만 중요한 건 주혁의 액션과 연기가 기존의 것과는 다르다는 걸 사람들이 말하기 시작했다는 거였다.

깊이를 가진 기존의 것과는 다른 신선함. 그건 아카데미가 좋아할 만한 요소였다.

게다가 주혁은 세인트 엘모의 영웅이 아니던가.

사실 영화에서의 연기만 가지고 평가를 하는 게 맞겠지만, 선정을 하는 건 사람들이다. 아무리 객관적으로 표를 준다고는 하지만, 다른 요소에 영향을 받을 수밖에 없다.

전혀 상관도 없는 사람들을 위해서 목숨을 걸고 테러리스트를 제압한 남자에게 호감이 가지 않을 사람은 없을 것이다. 그리고 그 이후로도 많은 선행을 했고.

"운이 좋으면 후보 정도는 올라갈 수도 있겠지."

자신을 할 수는 없었지만, 만약 이번 작품에서 후보에 오른다면 그건 주혁일 것이라고 생각했다. 다른 분야는 전혀 가능성이 없었으니까.

그리고 제프리의 생각보다 배우 협회 회원들은 주혁을 높게 평가하고 있었다. 배우들과 관련된 건 배우 협회 회원의 표에 따라서 후보가 결정되었다.

"주연상이라. 뒤야르댕하고 비쉬어가 인상적이었지."

우편물을 받은 배우 협회의 회원은 고민에 빠졌다.

이 시기에 우편물이 온다는 걸 모두가 알고 있다. 그래서 대부분 미리미리 자신의 생각을 정리해 놓는다.

그래서 이 여자도 남우주연상 후보로 '아티스트'의 장 뒤야르댕과 '이민자'의 데미안 비쉬어를 유력한 후보로 생각하고 있었다.

그리고 다른 배우도 어느 정도는 추려놓았다. 우편물이 오면 다시 한 번 작품을 보고는 결정할 생각이었다.

하지만 자신의 리스트에 한 명이 추가되었다.

바로 주혁이었다.

처음에는 액션 영화의 주연이라고 해서 생각도 하지 않았었다.

그런데 자신이 좋아하는 평론가가 그의 연기에 대해서 극찬을 한 기사를 보게 되었다.

그래서 영화를 보았다.

그런데 이게 웬일인가. 흔한 블록버스터 영화가 아니었다.

전혀 새로운 감성이었다.

그녀는 액션에도 이런 깊이 있는 연기가 나올 수 있구나 하는 생각을 했다.

게다가 그가 한 일은 너무나도 유명하지 않은가.

연말이 되니 한 해를 정리하는 방송이나 기사가 많았는데, 거기에 꼭 언급된 것이 주혁의 일이었다.

이야기가 워낙 충격적이고 드라마틱해서였다.

테러리스트가 여자와 아이를 위협하는 걸 맨손으로 싸워서 구해냈으니까. 그리고 총에 맞아 죽을 뻔도 했었고.

그녀는 다시 작품을 보았다. 그리고 고민하다가 3순위에 강주혁의 이름을 적었다.

그리고 편지를 봉해서 우체통에 넣었다.

　　　　　*　　　*　　　*

　한류 투어는 일본을 시작으로 진행되었다.

　다른 인원은 먼저 중국으로 출발했고, 파이브 스타만 홍백 가합전에 출연하기 위해서 일본에 남아 있었다.

　"일본 분위기가 조금 심상치 않은 것 같은데?"

　기재원 대표는 걱정스러운 표정으로 이야기했다.

　한류의 인기는 여전했지만, 사회적인 분위기가 좋지 않게 돌아갔다.

　험한 이야기가 어제오늘의 일은 아니었지만, 기재원 대표의 눈에는 이번에는 심상치 않다고 보였다.

　"우익에서 전보다는 활발하게 움직이는 것 같긴 하던데, 그래도 설마 무슨 일이야 있으려고요."

　이번 일본에서 피켓을 들고 한류 행사 반대 시위를 하는 사람들이 눈에 띄었다. 그래서 알아보니 일본 정치권에서 한국과의 문제를 공공연하게 들고 나온다는 거였다.

　"아니야. 아주 심각해질 수도 있어. 지금 일본 정부가 상당히 곤란하거든. 경제는 별로 나아질 기미가 보이지 않고, 지지도도 많이 떨어졌지. 그러니까 무언가 돌파구를 만들어야 하는 입장이야."

　기재원 대표는 이럴 때 가장 잘 먹히는 카드가 바로 외부에

적을 만드는 거라고 했다.

그리고 가장 먼저 생각할 수 있는 카드가 바로 한국이었다. 한국과는 독도 문제를 비롯해서 여러 가지 문제가 얽혀 있었으니까.

"내가 볼 때, 일본의 문제는 고령화야. 젊은 사람들의 비율이 계속해서 줄고 있거든."

"그렇다고 들었어요. 우리나라보다도 빠르다고들 하더군요."

"그러니까 큰일이라는 거야. 일본은 앞으로 우익 성향이 될 수밖에 없어. 나이가 많은 사람들이 다수를 차지하니까 말이야."

나이가 많다고 모두 보수적이고 우익인 건 아니었지만, 아무래도 다른 연령대에 비해서 그 퍼센트가 높았다.

그러니 일본 정부는 그 사람들의 표를 얻기 위해서 그들을 위한 정책을 내놓을 수밖에 없는 것이다.

그래서 한국을 자꾸 건드려서 긴장감을 높이고 있었다. 특히나 독도 문제를 건드리면서 살살 도발을 하고 있었다.

하지만 한국 황실과 정부에서는 단호했다. 독도는 한국 영토이니 언급할 가치도 없다고 대꾸했다.

양측의 입장이 전혀 다르니 긴장감은 높아질 수밖에.

그리고 그건 일본 정부가 의도한 거였다.

그래서 일본 내에서 반한 감정이 점점 커지고 있었고, 반대로 일본 정부에 대한 일본 국민의 지지도는 조금씩 높아지고 있었다.

실제로 2010년에 일본에서 조사한 자료에는 한국이 좋다고 응답한 일본 사람이 60%가 넘었다. 싫다고 답변한 사람은 25% 정도였으니 반한 감정은 거의 없다고 보아도 무방했다.

하지만 그랬던 것이 2011년이 되면서 반한 감정이 점점 고개를 들기 시작했다.

그래서 지금은 좋다는 사람과 싫다는 사람이 거의 비슷했다.

하지만 상황으로 보아 싫다는 사람이 앞으로는 더 많아질 확률이 높았다. 그리고 일본 정치권은 그런 점을 계속해서 이용할 것이고.

그러니 앞으로도 반한 감정은 점점 커질 것이다.

"사실 우리나라도 그런 점에는 신경을 써야 해. 고령화가 빠르게 진행되고 있으니까 일본처럼 될 날도 멀지 않았거든."

기재원 대표는 나이 든 사람들도 중요하긴 하지만, 나라의 미래를 생각해서라도 청년들이 꿈을 펼칠 수 있는 사회가 되어야 한다고 주장했다.

"가장 에너지가 넘치는 게 이삼십 대잖아. 그 나이의 사람들이 뭐라도 할 수 있고, 계속 도전할 수 있는 그런 사회가 되어야 사회 전체가 생기가 도는 거지."

"그건 그래요. 그 나이에만 할 수 있는 그런 것들이 있잖아요. 그런데 요즘 너무 안정적인 곳에만 취업하려는 풍토가 있어서 조금 걱정스럽긴 하네요."

워낙 경기가 좋지 않다 보니 공무원이나 교사와 같은 안정적인 곳에 청년들이 몰렸다.

물론 그런 일을 하는 사람도 있어야 한다.

하지만 그런 것보다는 진취적이고 도전적인 걸 해야 사회에 활력이 넘치는 거라고 기 대표는 생각하고 있었다.

그리고 주혁도 그러면 좋겠다고 생각했다. 젊다는 건 다시 오지 않는다. 그러니 그 푸른 시절이 사그라지기 전에 자신이 원하는 것에 부딪히고 도전하는 게 좋다고 생각되었다.

하지만 현실은 그렇지 않다는 사실도 잘 알고 있었다.

"사실 그 사람들을 뭐라고 할 수도 없어요. 학자금 대출받아서 대학교 다니고 나오면 바로 빚부터 갚아야 하잖아요. 그러니 모험 같은 걸 할 여유가 없죠."

요즘은 취업을 위해서 일부러 학교를 늦게 졸업하기도 한다고 했다. 5학년이나 6학년도 심심치 않게 볼 수 있었다.

오히려 제때 졸업하는 사람이 더 적을 지경이었다.

어떤 사람들은 이야기한다. 요즘 젊은 애들은 힘든 일은 하지 않으려고 한다고. 그래서 취직을 못 하는 거라고.

하지만 그런 일에 한번 발을 들이면 영원히 헤어 나오지 못한다. 근로 조건도 열악하고 봉급도 적은 데다가, 미래에 대한 아무런 비전도 보이지 않는 그런 직장에 다니고 싶은 사람이 누가 있겠는가.

하지만 그런 문제는 기재원 대표와 주혁이 이야기한다고 해결될 문제가 아니다. 둘이 할 수 있는 영역의 일이 아니었으니까.

그래도 기재원 대표는 자신의 위치에서 최선을 다하고 있다고 자랑스럽게 이야기했다.

"문화 콘텐츠라는 게 단순하게 음악이나 영상으로 끝나는 게 아니거든."

맞는 말이다. 음반이 팔리고 DVD나 영화가 상영되는 건 1차적인 수익이다. 하지만 그것보다는 부가적인 것들이 훨씬 컸다.

아이돌이나 여배우가 사용하는 화장품이 불타나게 팔린다. 그리고 영화나 드라마에 나온 음식과 옷, 가전제품과 자동차도 판매에 영향을 받는다. 외국에서 관광을 하러 와서는 돈을 쓰고 가는 건 물론이고.

"그러니까 우리는 우리 위치에서 최선을 다하면 되는 거야. 전 세계 사람들이 정말 혹할 수 있는 좋은 작품 만들면 되는 거지."

"잘될 것 같아요. 아이돌이나 배우나 요즘 어린 친구들 실력이 보통이 아니에요. 몇 년 전하고는 또 다르다니까요. 저도 보면서 깜짝깜짝 놀라요."

기재원 대표는 보고 자란 게 달라서 그렇다고 했다.

요즘 아이돌이 되려는 아이들의 기준은 파이브 스타였다.

목표가 높으니 그걸 따라잡으려는 아이들의 실력도 그만큼 높아졌다. 그래서 주혁은 요즘 연습생들을 보면, 예전보다 실력이 많이 좋아졌다는 걸 느꼈다.

그리고 배우도 마찬가지였다.

어떨 때는 아역들이 연기를 더 잘하는 것 같이 느껴지기도 했다. 아직 10대 초중반 아이들의 연기력이 장난이 아니었다.

정말 그대로만 자라준다면 바랄 것이 없다는 생각이 들 정도였다.

그러니 앞으로도 계속해서 한류가 이어질 것이라고 생각했다.

그리고 가장 앞에서 흐름을 이끄는 사람으로서 막중한 책임감을 느꼈다. 자신이 길을 잘 닦아놓고, 좋은 선례를 남겨야 뒤에 따라오는 후배들이 보고 배울 테니까.

지금까지는 선배라기보다는 나이가 조금 많은 형이나 오

빠라고 생각했지만, 이제는 정말 책임감을 가지고 행동해야 겠다는 생각이 절로 들었다.

"애들은 잘하겠죠?"

"파스 애들이야 이제는 베테랑이지. 누가 실수를 해도 다른 멤버가 자연스럽게 커버해 줄 정도는 되니까 큰 문제는 없을 거야."

데뷔하기 전에는 똘망똘망하고 마냥 귀엽게만 보였던 아이들이었는데, 어느새 같이 맥주도 마시면서 이야기를 할 정도로 컸다. 주혁은 아이들을 볼 때마다 동생들도 노래와 춤을 참 좋아했다는 생각이 들었다.

"잘될 거예요. 모두 다 잘될 거예요."

주혁은 주문이라도 외우듯 몇 번이나 같은 말을 중얼거렸다.

*　　　*　　　*

"자금 운용에 문제는 없겠지?"

"거의 초창기부터 로저 페이튼과 같이 일을 했던 자입니다. 아시지 않습니까. 로저 페이튼이 사람 자주 바꾼다는 거. 그런데도 지금까지 버텼다는 건, 실력 하나는 확실하다는 거죠."

오드아이가 히죽 웃으면서 대답했다. 이미 그자의 정신을 완벽하게 제압한 상태이니 조직의 운영에는 문제가 없을 것이다.

"하지만 아무래도 로저 페이튼의 빈자리는 어쩔 수가 없는 것 같습니다."

당연한 이야기다. 능력이 있는 자와 없는 자가 어떻게 같을 수가 있겠는가. 하지만 지금으로써는 이 방법이 최선.

"조만간 일이 정리되면 누가 그 자리에 있든 상관이 없을 테지. 윌리엄 바사드 쪽도 병합을 해버릴 테니까."

"아~ 그러면 확실히 문제가 될 건 없을 것 같습니다."

오드아이는 보스의 말이라면 무엇이든 이루어질 거라고 믿었다. 지금까지 자신에게 보여준 모든 일들이 그런 믿음을 갖도록 만들었다.

오드아이에게 보스는 신과 같은 존재였다. 모든 것을 가능하게 하는 그런 존재.

'시간이 필요한데……'

보스의 고민은 시간이었다. 시간이 필요한데, 시간을 주면 안 되는 상황이었다.

이태영이 준비가 되려면 적어도 반년 정도는 있어야 한다. 그러니 그때까지는 참아야 한다.

하지만 시간이 흐르면 흐를수록 자신이 불리하다.

주혁이 상자를 가지고 있었기 때문이었다.

상자가 어떤 힘을 가지고 있는지는 자신이 가장 잘 안다. 상자의 기운을 받아서 그것이 몸에 쌓이면 쌓일수록 강해진다.

그러니 시간이 흐를수록 주혁이 유리해지는 것이다.

'미치겠군. 시간이 필요한데, 시간을 주면 안 되니까 말이야.'

이런 아이러니가 어디 있단 말인가. 하지만 시도해봄직한 방법이 있기는 했다. 자신의 상자를 이용하는 거였다. 상자의 능력을 사용하면 어떻게든 방법을 찾을 수 있을 것이다. 하지만 그것도 문제가 있었다.

동전이 별로 없다는 거였다. 상자를 다 모으면 뭐하겠는가. 동전이 없으면 정말 아무짝에도 소용없는 것이다.

[적어도 동전이 다섯 개는 있어야 한다는 말이지?]

[클클클. 그렇다. 지금 가지고 있는 동전이 여섯 개라서 고민인가 보군.]

이태영을 제대로 준비시키려면 동전이 두 개가 필요했다.

그러면 남은 동전은 네 개. 상대가 몇 개의 동전을 가지고 있는지 모르니 쉽사리 동전을 사용할 수 없었다.

보스는 오드아이에게 나가보라고 손짓을 했고, 오드아이는 정중하게 고개를 숙이고는 밖으로 나갔다.

그가 나가자 보스는 자리에서 일어서서 천천히 방 안을 서

성였다. 생각을 정리하기 위해서였다.

"설마하니 동전이 없지는 않겠지?"

보스는 주혁이 몇 개의 동전을 가지고 있는지 모른다. 만약 자신보다 많이 가지고 있다는 사실을 알았다면, 이런 고민을 하지도 않았을 것이다. 당장 동전을 사용하고 결전을 준비했을 터였다.

하지만 불확실한 사실에 운명을 맡길 수는 없다. 지금까지 자신이 어떻게 살아왔는가. 오로지 상자를 모두 모아서 자신이 원하는 것을 이루겠다는 일념으로 버텨온 인생이었다.

[상자를 모두 모으면 내가 원하는 것을 얻을 수 있다고 했지?]

[클클클. 물론이다. 네가 얻고자 하는 것은 물론이고, 그것보다 더 대단한 것도 가질 수 있지. 네가 상상하는 것 이상일 테니 기대해도 좋을 거야.]

보스는 주먹을 살짝 쥐었다. 이제 드디어 그토록 원했던 것을 자신의 손안에 넣을 수 있게 되었다. 마지막 고비만 넘기면 말이다.

"로저 페이튼이 가지고 있던 동전 하나가 이렇게 아쉬울 줄은 몰랐군."

로저 페이튼에게 맡겨놓았던 동전 하나만 자신의 손에 있었더라면, 지금 같은 고민을 하지 않았을 수도 있었다.

[이봐, 상대가 몇 개의 동전을 가지고 있는지는 알 수 없나?]

[그건 어떤 상자도 확인할 수 없는 정보다. 상대도 자네가 가지고 있는 동전이 몇 개인지 알 수 없어.]

[별로 필요하지 않은 건 시시콜콜하게 알면서 정작 필요한 건 모르는군.]

[인간 따위가 고차원적인 시스템에 관해서 어떻게 알겠나. 그냥 그러려니 하라고.]

보스는 상자의 시건방진 말투가 마음에 들지 않았지만, 그저 피식 웃고 말았다. 어찌할 수 있는 것도 아니었고, 원래부터 저런 말투였으니까.

[그나저나 예지력은 왜 경지가 더 깊어지지 않는 거지?]

아버지의 영향인지는 몰라도 보스도 예지의 능력을 갖게 되었다. 하지만 아주 기초적인 정도에 머물러 있는 상태.

예지의 능력이라도 경지가 높아진다면 도움이 될 것 같은데, 도무지 진척이 되지 않았다.

[예지의 능력이 뭐라고 생각하나? 그렇게 간단한 능력이 아니야.]

상자는 전까지의 유들유들한 목소리가 아닌 딱딱한 목소리로 이야기했다. 말에서 다소 노기가 느껴졌다.

상자는 예지가 얼마나 대단한 것인지에 대해서 꼬장꼬장

한 말투로 설명했다.

하지만 보스는 쉽사리 이해할 수 없었다. 개념 자체가 워낙 난해했기 때문이었다.

[인간들이란…….]

상자는 혀를 차더니 잠시 고민하다가 쉽게 풀어서 설명을 해주었다.

[미천한 인간을 위해서 아주 쉽게 이야기해 주지. 이 세상의 운명을 정보라고 생각하자고. 그보다는 훨씬 상위의 개념이지만 말이야.]

상자는 운명을 정보라고 생각하고 예지를 일종의 해킹이라고 생각하라고 했다.

[니 수준으로는 아주 간단한 방화벽만 뚫고 들어갈 수 있는 거야. 그러니 별다른 게 보일 리 없지.]

상자는 보스의 아버지가 아주 특별한 경우라고 했다. 그리고 보스에게 지금 보이는 것 이상은 꿈도 꾸지 말라고 했다.

보스는 신경질적으로 대화를 차단했다.

"내가 얻을 것만 얻고 나면 무슨 일이 있더라도 산산조각 내서 녹여주지. 그리고 개 밥그릇으로 만들어서 던져 줄 테니 각오하라고."

보스는 그렇게 이야기하고도 분이 풀리지 않았는지 부술 것이 없는지 주변을 둘러보았다. 하지만 잠시 심호흡을 하면서 마음을 가다듬고는 어떻게 해야 할지를 생각했다.

"일단은 그놈의 힘을 빼놓을 방법을 찾아야겠어."

보스는 서늘한 눈빛으로 중얼거렸다.

*   *   *

주혁은 붉은색 USB를 노트북에 연결했다. 그리고 안에 적힌 내용들을 가만히 보았다.

거기에는 상자를 처음 사용했을 때부터 지금까지의 일들이 자세히 적혀 있었다.

첫 부분에는 살을 뺐을 때의 기록이나 일부러 상처를 내고 다음 날 상처가 남아 있는지 확인을 한 내용이 보였다.

"그때는 정말 별짓을 다 했지."

확인을 하느라고 부산에 가서 낙서를 하고 오기도 했고, 멀쩡한 유리창을 깨보기도 했다. 그리고 어떤 일이 벌어지는가를 확실하게 알 수 있었다.

"그리고 참 묘한 일이지. 그런 걸 기억하고 있다니 말이야."

지아는 주혁이 낙서를 한 걸 기억하고 있었다. 물론 꿈속에서 일어난 일이라고 알고 있었지만, 사실은 반복되는 동안의 기억이 남아 있는 거였다.

지아는 부산에 내려갔다가 다시 방송 쪽 일을 하려는 모양인데, 신경이라도 좀 써줘야겠다고 생각했다.

주혁은 다시 모니터로 눈을 돌렸다.

글자를 보자 다시금 생각에 빠져들었다. 필요 때문에 기록을 남겼던 그때의 기억 속으로.

그때는 헷갈리는 일이 있으면 안 되니까 그날 있었던 일을 자세하게 일기처럼 기록했다.

그리고 이 기록이 나중에는 큰 도움이 되었다. 마지막에 어떤 인연을 선택해야 하는지를 정할 때, 기록이 없었다면 큰일 날 뻔했으니까.

기억에만 의존했더라면 제대로 인연을 만들지 못했을 것이다. 사람의 기억력이란 건 한계가 있으니까. 그리고 실제로 기록된 걸 보면서 하나하나 체크하는 것과 머릿속으로만 생각하는 건 다르니까.

그런데 그렇게 14년을 넘게 계속하다 보니 습관이 되었다. 그래서 그 이후로도 계속해서 일기처럼 기록을 남겼다.

그렇게 쌓인 기록이 엄청난 분량이 되었다. 하루하루 적은 내용은 얼마 되지 않지만, 그것이 모이고 모이니 어마어마한 분량이 된 것이다.

그리고 거기에는 아무도 모르는 내용도 있었다. 반복되는 하루를 겪으면서 기록한 내용은 다른 사람은 알 수 없는 거였다.

주혁은 내용을 쭉 보았는데, 안형진 선생님이나 이승효, 시진핑과의 첫 만남도 적혀 있었다.

"그때만 해도 이렇게 될 줄은 정말 몰랐는데……."

안형진 선생님은 정말 고마운 분이었다. 초반에 그분이 없었더라면 쉽게 자리를 잡지 못했을 것이다. 괴물에 출연한 것도 다 그분 덕분이었고, 그 후로도 도움을 받기만 한 것 같았다.

하지만 전혀 그런 내색을 하지 않았다. 주변에 물어보는 사람이 있으면, 주혁은 자신을 찾아왔을 때부터 실력이 거의 완성되어 있었고, 그 후로도 꾸준히 노력해서 된 거라고 이야기했다.

"이번에 돌아가면 억지로라도 드려야겠어."

일전에 차를 선물했었는데, 그럴 만한 일을 한 적이 없다면서 끝내 거부했었다.

요즘은 주혁 덕분에 연기 학원도 잘된다면서 걱정하지 말라고도 했었고.

사실 주혁의 연기 스승으로 이름이 알려져서 상당한 유명세를 타기도 했었다.

그래도 그건 그거고, 자신의 손으로 무언가를 해드리고 싶었다. 그래서 이번에는 받으면 좋아할 만한 걸 가지고 가야겠다고 다짐했다.

그리고 이승효.

정말 이승효가 이렇게 유명한 음악가가 되리라고는 생각지도 못했다. 아니, 음악을 하는 줄도 몰랐다. 그저 농구를 악바리같이 하는 녀석으로만 생각했으니까.

그랬던 것이 인연이 되어서 아토 엔터테인먼트에 같이 있게 되었고, 지금은 없어서는 안 될 중요한 인물이 되었다.

그는 아주 뻔뻔했다. 주혁과는 스타일이 많이 달랐는데, 그래도 실력 하나는 확실했다. 독종이고 악바리인 것도 여전했고.

그래서 이번에 음악을 맡겨도 충분히 해낼 수 있으리라 생각하고 있었다.

그리고 시진핑.

그는 말할 것도 없다. 그 당시에는 중국의 지방 정부 관리였다. 인지도가 있기는 했지만, 권력의 정점에 서리라고 생각하는 사람은 아무도 없었던 시절이었다.

사실 유명한 사람이었다면, 주혁과의 인연은 이어지지도 않았을 것이다.

하지만 좋은 인연을 만들 수 있었고, 덕분에 중국에서의 일에 많은 도움을 받았다.

주혁이 아시아권에서 스타로 발돋움하는 데는 펑리위안과

시진핑의 도움도 크게 작용했다고 볼 수 있다. 하지만 그들도 무조건 베푼 건 아니었다.

처음에는 자신들의 체면을 중시해서 도움을 준 것이 컸다.

하지만 그것만은 아니었다. 한국의 문화 콘텐츠에 관심을 가지고 있었고, 현재 중국보다 앞서 있는 한국의 문화적 역량을 받아들여 자국의 산업을 육성하려고 한 거였다.

실례로 중국은 한국을 따라잡기 위해서 막대한 자본을 투입하고 있었다. 하기야 어디 문화 콘텐츠 분야만 그러겠는가. 모든 산업에 걸쳐서 일어나고 있는 일이었다.

"그래도 아직은 멀었지."

다른 산업도 마찬가지겠지만, 문화적인 역량은 단시간에 따라잡기 어렵다. 중국이 축구에 투자를 하고 있지만, 성적이 시원치 않은 것과 비슷하다고 할까. 저변이 확대되고 그만큼 우수한 인력들이 많이 나와야 하는 거니까.

주혁은 아토 엔터테인먼트에 있는 식구들만 보아도 앞으로도 대한민국이 앞서 나갈 수 있으리라 여겼다.

물론 언제까지나 계속되지는 않을 것이다. 오르막이 있으면 내리막도 있는 법.

영원히 강국일 것 같던 유럽 국가들이 지금 허덕이는 것만 봐도 알 수 있지 않은가.

"당분간이야 괜찮겠지. 적어도 유정이나 소현이 다음 세대가 활발하게 활동할 때까지는 괜찮을 거야."

기간을 장담할 수는 없지만, 적어도 10년 이상은 한국이 우위에 있을 거라고 보았다. 그만큼 뛰어난 인재들이 많았고, 역량과 노하우를 비롯한 모든 면에서 앞서 있었으니까.

주혁은 그다음도 계속해서 보았다. 지난 일도 이렇게 가끔 보면 무척 흥미로웠다.

주혁의 눈이 멈춘 곳은 처음 괴물에 출현했을 때였다. 저절로 웃음이 났다. 정말 별것도 아닌 일이었는데 호들갑을 떨면서 적어놓은 글이 보였기 때문이었다.

"그건 처음이라서 잊어먹을 수가 없지."

오토바이가 괴물을 대신해서 움직였고, 사람들은 오토바이의 움직임을 괴물의 움직임으로 생각하면서 연기를 했다.

주혁도 괴물과 부딪혀서 강에 빠지는 걸 몇 번이나 연습해야 했다.

하지만 그때는 그런 모든 일이 신기하기만 했다.

그리고 다친 사람들을 도와준 일도 기억이 났다.

손강호 선배가 다쳤을 때, 응급처치를 한 것도 기억이 났고.

그런데 갑자기 주혁의 머리가 쪼개질 듯 아파왔다.

"끄어어어어억~"

너무나도 참기 힘든 고통이 밀려와서 순간적으로 이를 꽉 물었다. 너무나도 괴로워서 신음 소리조차 크게 나지 않았고,

몸을 움직이기도 어려울 정도였다.

주혁은 머리를 부여잡고 의자에서 나뒹굴었다.

고통은 쉽사리 사라지지도 않았고, 줄어들지도 않았다.

얼마나 시간이 지났을까.

통증이 완화가 되자 주혁은 머리를 조심스럽게 흔들면서 자리에서 일어났다.

갑자기 무슨 일이 일어난 것인지 알 수 없어서 굉장히 불안했다. 지금까지 한 번도 없었던 일이라 더욱 불안한 것 같았다.

그러던 와중에 상자의 목소리가 들렸다.

[괜찮나?]

괜찮을 리가 있겠는가. 정말 무시무시한 통증을 경험했는데. 그런 고통은 다시는 겪고 싶지 않았다. 몸을 무언가로 마구 뜯어내는 것 같은 느낌이었다.

주혁은 그 고통을 생각하니 다시금 몸에 소름이 쫙 돋았다.

[아니, 갑자기 말로 표현할 수도 없을 정도로 머리가 아프던데. 도대체 무슨 일이지?]

[본격적으로 활성화가 되어서 그런 것 같군.]

상자가 말을 걸어온 것을 보면, 무언가 알고 있다고 생각해서 질문을 던졌다.

역시나 상자가 대답을 했는데, 별거 아니라는 말투라서 주혁은 약간 기분이 상했다.

주혁은 상자는 합체된 걸 보고 한국을 떠났다.

하지만 상자는 형태만 갖추었을 뿐, 제대로 활성화가 되려면 약간의 시간이 더 필요하다고 했다.

그리고 그 활성화라는 것이 조금 전에 시작된 모양이었다.

[갑자기 많은 에너지가 한꺼번에 전달돼서 그런 모양이군.]

상자는 앞으로는 그럴 일이 없을 거라고 이야기했다.

하지만 주혁은 그게 무슨 말이냐고 되물었다. 다른 상자를 얻게 되면 똑같은 과정이 또 일어날 것 아닌가. 그런데 앞으로는 그럴 일이 없을 거라니 말이다.

[다른 상자를 얻게 되면 마찬가지 아닌가? 그때도 똑같은 과정을 거칠 테니까 말이야.]

[상자를 한 개만 더 얻게 된다면 그럴 수도 있겠지만, 상자를 모두 얻게 된다면 달라지겠지.]

주혁은 상자의 말이 무슨 뜻인지를 정확하게 이해하지 못했다. 그래서 잠시 생각을 정리해야 했다.

'한 개면 그럴 수도 있지만, 모두 얻으면 달라진다? 그게 무슨 뜻이지?

주혁은 내용을 곱씹으면서 상자에게 물었다.

[그러니까 상자를 모두 모으게 되면 이런 식으로 합체가 되지 않는다는 건가?]

[그건 아니다. 합체가 되는 건 변함이 없지.]

[그렇다면 아까 한 이야기는 뭐지?]

[그건 설명하기가 좀 난해하긴 한데…….]

상자는 쉽게 설명하지를 못했다.

[지금은 상자를 모두 모으면 지금과는 상황이 달라진다고만 알아두면 될 것 같군.]

[지금 이야기를 하지 못할 이유라도 있는 건가?]

[그런 건 아니지만 설명하기가 좀 어렵군.]

상자는 워낙 복잡한 문제라서 주혁이 알아듣기 쉽게 설명하기가 어렵다고 했다. 그러면서 주혁에게는 전혀 해롭지 않은 일이니 걱정하지는 않아도 된다고 말했다.

[그래도 그냥 설명을 듣고 싶은데?]

[시간도 오래 걸릴 것이고, 그전에 먼저 알아야 할 것들이 많다. 며칠 동안 들을 생각이 아니라면 차차 알아가는 편이 나을 거라고 말해주고 싶군.]

상자가 그렇게까지 나오니 지금 이야기를 해달라고 우길 수가 없었다. 상자가 자신을 속이거나 할 리도 없고, 모든 일을 중단하고 이야기를 듣는 것에만 매달릴 수도 없는 상황이었으니까.

[좋아. 그러면 먼저 알아야 할 것 중에서 하나만 먼저 듣지.]

[오늘은 그만하는 편이 좋을 것 같군. 과도한 에너지 때문에 충격을 받은 상태다. 무리를 해서 좋을 게 없어.]

상자는 오늘은 휴식을 취하는 게 좋을 거라고 이야기했다.

주혁도 그 이야기를 듣고 몸 상태를 살피니 정말 정상이 아니었다. 그래서 아쉽지만, 이야기를 듣는 것은 다음으로 미루었다.

하지만 갑작스럽게 느껴진 고통 때문인지 모든 일이 심상치 않게 생각되었다. 상자를 모두 모으게 되면 지금까지와는 다를 거라는 것도 어쩐지 불길하게 느껴졌다.

[걱정하지 말라고. 상자를 전부 모아서 나쁠 일은 없을 테니까.]

상자는 그럴 일은 없을 것이라고 이야기했지만, 마냥 마음을 놓을 수는 없었다. 이번에 겪은 이 고통도 예고 없이 찾아온 것 아닌가. 자신이 모르는 무언가가 남아 있을 수 있다고 생각하니 쉽사리 마음이 놓이지 않았다.

[이런 일이 일어날 걸 설마 몰랐던 건 아니겠지?]

[이런 경우가 없었던 건 아니지만, 사람마다 모두 케이스가 달라서 말이야.]

상자는 어떤 일이 벌어질지는 자신도 가늠할 수 없다고 이야기했다. 아무렇지 않게 넘어간 경우도 있었지만, 지금처럼 고통을 느낀 적도 있었다는 거였다.

[그렇다고 모든 경우를 전부 이야기해 줄 수는 없고 말이지.]

틀린 이야기는 아니었지만, 그래도 마음이 놓이지는 않았다.

주혁은 상자가 자신의 마음을 듣지 못하게 막아놓고서는 지금 겪은 일을 적기 시작했다.

'나를 속인 적은 없지만, 그렇다고 마냥 친절한 것도 아닌 것 같아.'

주혁은 오늘 일을 USB에 있는 문서에 자세하게 적었다.

＊　　　＊　　　＊

해를 품은 달, 퓨전 사극 또 성공할까?

하나같이 매력 캐릭터, 새로운 사극 탄생

해품달, 음모난무 궁중 속 흥미진진한 청춘 로맨스

기대 속에서 '해를 품은 달'이 시작되었다.

'성균관 유생들의 나날'이 책으로나 드라마로나 인기를 끌었기 때문에 이번 작품도 기대를 하는 사람들이 많았다.

하지만 그런 기대와는 달리 사실 이 드라마는 땜빵으로 편성이 된 거였다.

원래 방송국에서 준비해 온 수목 드라마가 갑자기 중단되어서 편성이 된 거였다.

기재원 대표는 편성을 받지 못했으면, 미래 컨소시엄이 가지고 있는 케이블 방송에서 내보내려고 했었는데, 다행스럽게도 공중파에서 편성을 받을 수 있었다.

주혁은 크게 걱정하지 않았다. 초반 아역들이 얼마나 연기를 잘했는지 이미 보고 왔기 때문이었다. 거기다가 미래 컨소시엄이 주는 기대감도 시청률에 크게 더해졌다. 웰메이드 작품만을 내놓는 회사라는 신뢰가 쌓인 덕분이었다.

주혁은 행사를 도느라고 방송을 보지는 못했지만, 시청률이 어떻게 나오는지 궁금해서 검색을 해보았다. 회사 식구이자 친한 후배들이 대거 출연하는 드라마라서 관심이 더 갔다.

"20%가 넘어버렸네?"

생각보다 높은 수치였다. 첫 회는 15%만 넘어도 괜찮다고 생각하고 있었는데, 생각했던 수치를 훌쩍 뛰어넘었다.

평도 호평 일색이었다. 아역이 나오는 드라마 같지가 않다는 평이 많았다.

그런데 아역들이 이렇게 잘하면 성인 연기자로 넘어갔을 때 실망감이 크다면서 벌써부터 걱정을 하는 사람들이 있었다.

그럴 가능성이 없는 건 아니었지만, 주혁은 수현과 소영이라면 충분히 잘할 수 있으리라 믿었다. 자신이 보아온 둘이라면 충분히 잘해낼 테니까.

주혁은 투어만 마치면 이번에 찍을 작품에 집중해야겠다고 생각했다. 자신이 초기부터 관여를 한 첫 번째 작품. 그리고 기대가 큰 작품인 만큼 확실하게 성공해야겠다고 다짐했다.

"그래, 지금까지는 맛보기지. 아직 내 연기력을 제대로 보여주지 못했어."

이번에는 흥행뿐 아니라 각종 상도 염두에 두고 있었다. 두 마리의 토끼를 모두 잡겠다는 거였다.

주혁은 고개를 들어 맑은 하늘에 셀 수도 없이 빛나는 별들을 바라보았다. 가만히 보고 있으니 별들이 전부 자신에게 쏟아지는 것 같이 보였다. 모든 별들이 자신에게로.

주혁은 그 광경을 잊지 않겠다는 듯 눈을 감지 않고 계속해서 그 광경을 쳐다보았다.

『즐거운 인생』 12권에 계속…

네르가시아 장편 소설
FUSION FANTASTIC STORY

THE MODERN
MAGICAL
SCHOLAR

현대 마도학자

나르서스 제국의 전쟁영웅이자
마나코어를 개발한 천재 마도학자 카미엘!

그러나 제국의 부흥을 위한 재물이 되어
숙청당하는데…….

『현대 마도학자』

죽음 끝에 주어진 또 다른 삶.
그러나 그에게 남겨진 것은 작은 고물상이 전부였다.

더 이상의 밑은 없다!
마도학자의 현대 성공기가 시작된다!

Book Publishing CHUNGEORAM

- 굿껭이 아닌 자유추구 -
WWW.chungeoram.com

이모탈 퓨전 판타지 소설
FUSION FANTASTIC STORY

워리어

Warrior

최강의 병기 메카닉 솔져,
판타지 세계로 떨어지다!

서기 2051년.
세계 최초의 메카닉 솔져 이산은
새로운 세계에 발을 딛게 된다.

"나는… 변한 건가?"

차가운 기계에서 따뜻한 피가 흐르는 인간으로!
카이론의 이름으로 새롭게 시작하는
진정한 전사의 일대기!

Book Publishing CHUNGEORAM

유행이 아닌 자유추구 –
WWW. chungeoram.com

내일을 향해 쏴라

김형석 장편 소설

FUSION FANTASTIC STORY

1만 시간의 법칙!
'성공은 1만 시간의 노력이 만든다'는 뜻이다.

그러나…
사회복지학과 복학생 수.
전공 실습으로 나간 호스피스 병동에서
미지와 조우하다.

1만 시간의 법칙?
아니, 1분의 법칙!

전무후무한 능력이 수에게 강림하다!
맨주먹 하나로 시작한 수의
인생역전이 시작된다!

Book Publishing CHUNGEORAM

유행이 아는 자유추구
WWW.chungeoram.com

절정고수들이 하늘 높은 줄 모르고 질주하는 현 세상.
서른여덟 개의 세력이 서로를 견제하는 혼돈의 시대.

그 일촉즉발의 무림 속에
첫 발을 디딘 어린 소년.

"나는 네가 점창의 별이 되기를 원한다."

사부와의 약속을 지키고
난세로 빠져드는 천하를 구하기 위해
작은 손이 검을 들었다!

박선우 新무협 판타지 소설 FANTASTIC ORIENTAL HE

풍운사일

Book Publishing CHUNGEORAM